無心に念じていると、水晶球の中心に、
小指の先ほどの小さな緑色の光が灯った。
「緑色か、適正は〈風〉だったな？」
二度目の人生を
異世界で 2

「いや、これで我慢とか言ったら贅沢が過ぎる」
シオン＝ファム＝ファタール
森の中で同業者に襲われているところを蓮弥に助けられた見習い剣士。少々世間知らずの気がある。

「手馴れてますねぇレンヤさん」
「急いで準備したから、色々と不満は残るがね」
功刀《くぬぎ》 蓮弥《れんや》
大往生した末に、神様に乞われて異世界へ。どうやら前世でいろいろやらかしていたらしく、身体能力が異常に高い。
ローナ＝シュヴァリエ
シオンと行動を共にする僧侶。持ち前の美貌を武器に蓮弥に迫るが何か裏があるらしく……。

「それは無理じゃないかな」
「君をベースにして作る作品は、
とてもすばらしいものになりそうだ」
横一線に振り抜かれた刃は、
さらに二つの人型の胴体を切り裂いて
上下二つのパーツに切り分けた。

二度目の人生を異世界で 2

まいん

illustration かぼちゃ

口絵・本文イラスト　かぼちゃ

幕間その1らしい

プロローグ

商業都市ククリカの冒険者《ぼうけんしゃ》ギルドの一室。

副支部長であるフリッツの、自室として割り当てられているその部屋で、部屋の主であるフリッツは、とある人物が来るのを待っていた。

「失礼します」

そっと部屋の扉《とびら》を開けて、一礼してから入ってきた人物を、フリッツは穏《おだ》やかな笑《え》みを浮《う》かべながら出迎《でむか》える。

彼《かれ》を知る者からすれば、珍《めずら》しいこともあるものだと思うほど、フリッツの顔には邪気《じゃき》も、企《たくら》みの様なものもない。

まるで心の底から来訪者を歓迎《かんげい》しているかのような表情。

そんな表情でこの副支部長に迎《むか》え入《い》れられる人物は、この街には何人もいない。

「よくおいでくださいました。して、首尾《しゅび》の方はいかがですか？」

言葉にも嫌味《いやみ》やら毒がない。

部屋にあらかじめ用意してあった椅子《いす》を、来訪者へ勧《すす》めながらフリッツが尋《たず》ねると、その来訪者であるローナは勧められるままに椅子に座《すわ》り、フリッツと対峙《たいじ》する。

その顔には、シオンと一緒《いっしょ》に来た時と同じような笑みを浮かべてはいたが、雰囲気《ふんいき》はその時とは比較《ひかく》にならない程《ほど》、穏やかで柔《やわ》らかいものだった。

それを不審《ふしん》がることもなくフリッツはローナの返答を待つ。

「なんとか、承諾《しょうだく》してもらうことができました」

その言葉にはどこか、ほっとしたような感情が見えた。

フリッツも笑みを深くする。

「それは重畳《ちょうじょう》ですね。これで貴女《あなた》の荷も少しは軽くなれば良いのですが。随分《ずいぶん》と強引《ごういん》な手を使われたのではありませんか？」

事前に聞かされていた手は、少なくともある程度の身分のある、しかも女性に行わせて良いようなものではなかったが、発案者が本人と言うこともあり、フリッツは強く反対することができずにいたのだ。

そのローナの身を案じるようなフリッツの言葉に、ローナはゆっくりと首を振《ふ》った。

「任務ですので、苦と思ったことはありません」

言葉を区切って少し考え。

「それでも、少しはラクをしたい、と思わなくもないですね」

くすり、と小さく笑うローナだったが、フリッツは目に見えて焦り始めた。

その焦り様は、フリッツが心の底からローナに申し訳ないと思っているのが判《わか》るようなもので、シオンが見たら、一体どんな魔術《まじゅつ》をローナが使ったのかと驚《おどろ》いただろう。

シオンからすれば、この副支部長は傲慢《ごうまん》で、他人を気遣《きづか》うことが無く、常に嫌味に満ち満ちている、鼻持ちならない人物なのだから。

しかし、そのフリッツが口にした言葉は心根からの謝罪の気持ちに溢《あふ》れていた。

「それは申し訳の無いことを……」

フリッツが椅子から立ち上がって頭を下げようとするが、ローナはそれを止めた。

「そちらもお役目上の事。それは分かっておりますので」

「いかに陛下の御命令《ごめいれい》とは言え、面倒《めんどう》事ばかりを押《お》し付《つ》けてきましたから……」

フリッツがシオンから蛇蝎《だかつ》の如く嫌《きら》われている理由と言うのは、シオンが冒険者登録を行ってからずっと、誰《だれ》も引き受けないような面倒な依頼《いらい》を無理に押し付けてみたり、依頼を達成していても、何か粗《あら》を見つけては報酬《ほうしゅう》を下げたり、小さなペナルティを押し付けてみたりと、ひたすら嫌《いや》がらせに徹《てっ》していたからなのだ。

しかしそれを、ローナはこの場で命令であった、と言い切った。

それはこの場に居る二人が、フリッツが故意にシオンに対して嫌がらせをしているということ、そしてそれがフリッツの意思ではなく、どこか別の所からの指示によって動いている結果であるということを知っているということだった。

「嫌われる役目の辛さ、というのも大変かと思っております」

逆にローナに頭を下げられて、フリッツが慌《あわ》てて手を振る。

「お止め下さい。私のような者に……」

「本来ギルドは、こう言ったことには力を貸さぬもの。そこを曲げて協力して頂いていることに感謝こそすれ、悪く思う事等《など》ありません」

「そう言って頂けると、少しは気が楽になります。それで……今回あの迷い人がそちらのパーティに参加された、と言う事は……」

窺《うかが》うようなフリッツの問いかけに、ローナは頷《うなず》いてみせる。

「ええ、迷い人が仲間になったと言うのは想定外でしたが、ある程度、信頼《しんらい》ができて、実力もある人物を傍《そば》に置くことができましたし、一月ほど経験してみて、シオン様より冒険者を辞《や》めると言う言葉も聞かれませんでした。これならば、このまま続けても問題はない、と閣下に報告するつもりでおります」

「では、ギルドよりの工作も？」

「ええ、今回を限りとして、通常に戻《もど》って頂ければと。正式な通知は後日陛下よりあるかと思われますが」

「それは何よりです。して、ローナ様は元の役職に戻られるので？」

「いえ、私は引き続きこの任務ですよ。おそらくは、ずっとそのままかと」

笑いながらローナが言うと、対照的にフリッツの顔は曇《くも》った。

それは、ローナの言葉をあまり良いことだとは思っていない表情であった。

「冒険者ギルドの副支部長をしている自分が言うのもなんですが、シュバリエ家の方が、冒険者稼業《かぎょう》を続けられると言うのは……」

冒険者という職業は、有態に言って堅気《かたぎ》な商売ではない。

荒事《あらごと》も多いし、命の危険もある。

依頼によっては、表立っていうわけにはいかなかったが、法を犯《おか》すことも少なくない。

無論、殺人や窃盗《せっとう》が依頼されることは無いが、国や地方で立ち入りを禁止すると定められている所へ踏み込まされること等はそこそこの頻度《ひんど》で発生している。

その元締《もとじ》めともいえる立場の人間の言葉に、ローナは苦笑《くしょう》した。

心配されていることは重々承知の上ではあったが、そんな立場の人間の言葉とは到底《とうてい》思えなかったからだ。

「それを言ってしまったら、シオンはどうしたらいいんです？　まぁ私は一応長女でしたが、家に残ってもどこかに嫁《とつ》がされるだけですし。これはこれで気楽でいいかな、と」

「む……むぅ」

唸《うな》り声《ごえ》を上げ、言葉が続かないフリッツの様子を、ローナは笑いながら見ている。

「それに、下には妹がおりますし。妹の方が、色々と器用ですし、どこかに嫁ぐにしても私よりずっと上手にこなすでしょうしね」

ローナは笑いながら言っているが、フリッツはなんと答えていいやら分からずに黙り込んでしまう。

本人がにこにこと笑っているのだから、頭から否定するのもどうかと思うし、かといって、そうですね等と肯定《こうてい》してしまったら、フリッツがその妹よりもローナが劣《おと》ると認めてしまったような形になってしまう。

結果、唸るばかりで言葉にならないフリッツを、しばらく楽しそうに観察していたローナではあったが、困らせる気はなかったんですよ、と一つ呟《つぶや》いて、出口の無い考えにとらわれているフリッツを救出した。

「そんなわけですので、とりあえずはレンヤさんをシオンのパーティに参加させる手続きと認証《にんしょう》をお願いします」

「心得ました。すぐに手配致《いた》します」

「私は陛下に報告を上げてから、シオン様の所へ戻ります。あ、そう言えばですね」

ふと思い出したかのように、ローナはフリッツに尋ねてみる。

「この街で、工房《こうぼう》付きの一軒家《いっけんや》が売りに出ていたら、教えて頂けますか？」

冒険者ギルドは様々な情報が集まる場所でもある。

そこの副支部長ともなれば、そういった不動産関係の情報も、ローナや蓮弥《れんや》が自分で探すより、ずっと大量で質のいい情報が手に入ると考えての問いかけだったが、フリッツは別の意味に取ったらしく。

「それは……拠点《きよてん》としてお使いになるので？　それでしたらどこか用立てても……」

中央区に近い一等地の物件をいくつか当たってみても、と続けるフリッツをローナは制した。

「それはダメです。大体どういう理由をつけてシオン様に渡《わた》すつもりなんですかそれ？」

「それは……今までのお詫《わ》びを兼《か》ねて……」

嫌がらせをしなくても良くなったのだから、ここは一発大きめにお詫びをしておいて、今までのことを水に流して欲《ほ》しいフリッツであったが、ローナはそれを許可できなかった。

「気持ちは分かりますがダメです。それではギルドが協力者だったとすぐにバレてしまうじゃないですか。シオン様とて、底抜《そこぬ》けの馬鹿《ばか》ではありません。ギルドに協力を要請《ようせい》できる人物から、すぐ閣下に辿《たど》り着《つ》いてしまいます」

「……何気に酷《ひど》い言い草ですね？」

軽くジト目でフリッツがローナを見つめると、事も無げにローナは言い切った。

「私だからいいんです」

「はぁ……」

「お金はうちのパーティで捻出《ねんしゅつ》しますから。物件の情報だけ、心の片隅《かたすみ》に留《とど》めておいて頂ければ助かります」

「了解《りょうかい》しました」

「くれぐれもシオンには内密に。それとレンヤさんにも気をつけてください。あの方はそこそこ鋭《するど》いですからね？」

釘《くぎ》を刺《さ》し、念を押すローナに、フリッツはこくこくと頷いた。

それをしっかりと確認《かくにん》してから、ローナは席を立つ。

「それでは私はこれで。何かありましたらご連絡《れんらく》を」

「承《うけたまわ》りました。どうぞ、お気をつけて」

別《わか》れ際《ぎわ》にまで、その身を案じる言葉をかけてくるフリッツに、にこやかな笑みで応えてローナは副支部長の部屋を後にする。

どうにも心配が過ぎるのではないかと辟易《へきえき》することもあるのだが、ローナが守護を命じられているシオンの事を考えれば、心配はいくらしても、心配し過ぎるということは無いのだから、仕方がないとも思う。

「私、どこで道を踏み外してしまったんでしょうねぇ？」

ぎちぎちと身体を締め付けるような感触《かんしょく》の僧服《そうふく》を見下ろしながら、ローナはぼやいた。

この任務に従事する前に身につけていた装備よりはずっと動きやすくて軽いものだが、こんな格好のどのへんに、僧侶《そうりょ》っぽさがあるのかと、我《わ》が事ながら常にローナは疑問に思っている。

それもこれも、自分の傍《かたわ》らにいる人への注意を、自分に向けさせるためとあれば、忍《しの》んで耐《た》える以外ないのだが。

「私、自分で言うのもなんですが、ずっとこのままなんでしょうかねぇ？」

それはちょっと勘弁《かんべん》して欲しいローナであった。

ぼやいてみた所で、答えが返ってくるわけもなく、ローナは小さく深い溜息《ためいき》を吐《つ》くのだった。

第一章 修行開始らしい

「よろしく、あたしがカリル＝ヴァリエール。一応、ククリカじゃ随一《ずいいち》の魔術師《まじゅつし》ってことになってる。その自負もあるけどね」

そう名乗ったのは、亜麻色《あまいろ》の髪《かみ》をアップに結《ゆ》い上《あ》げた若い女だ。

緑色の、材質は分からないが見るからに手触《てざわ》りが良くて柔らかそうな布でこしらえたローブを身にまとい、身体のあちこちに金銀の装飾品《そうしょくひん》を、これでもかといわんばかりにぶら下げている。

ローブといっても、普通《ふつう》に蓮弥《れんや》が想像するような、頭から足の先まですっぽりとかぶるようなものではなく、襟《えり》ぐりは大きく開いているし、腰《こし》から下は座っている状態で脚《あし》を組《く》み替《か》えるごとに、太ももまで露《あらわ》になるような深いスリットが入っている。

ドレスと形容するには、やや憚《はばか》られる感じがあるが、ただのローブといってしまってはそれも違《ちが》う気がしてくる品だった。

それにしてもこの、緑と金銀の配色は、どこかで見たことがあるような、無いような、そんな不思議な感じに囚《とら》われて記憶《きおく》の隅《すみ》っこを掘《ほ》り起《お》こしていた蓮弥はしばらくしてから、はたと手を叩《たた》いた。

「クリスマスツリーみたいな人だな」

「なんだそれは？」

意味が通じなかったらしく、隣《となり》に座っているシオンが尋ね返してくるが、さすがに説明する気にはならず、蓮弥は肩《かた》をすくめた。

迷い人自体はそこそこの数が流れてきていると言うのに、クリスマスはこの世界には伝えられていないらしい。

これを、そんなイベントを伝える程、暇《ひま》な迷い人がいなかったと見るか、それともそんなイベントにはあまり縁《えん》の無い人ばかりが迷ってきたと見るかは、難しい所だ。

通じなかったのは、黒檀《こくたん》のテーブルを挟《はさ》んで座っているカリルと名乗った女性も同じだったようで、訝《いぶか》しげな表情をしながら、テーブルの上で両手を合わせて、細く長い指を絡《から》ませている。

その指にも、びっしりと大小さまざまな宝石をあしらった、様々な材質の指輪がびっしりと嵌《は》められており、薄暗《うすぐら》い店内を照らしている魔術の白い光を反射して、きらきらと輝《かがや》く様子は蓮弥にスパンコールとか金糸のモール等を連想させてしまう。

朝一番の話し合いの後、蓮弥はシオンに連れて行きたいところがあると、腕《うで》を掴《つか》まれて引っ張られるがままに、案内されたのが、商業区の中央に近い場所にあるこの場所だった。

薄暗い店内を照らす光源は、魔術で作られたらしい白い光を内包したランプのような道具が一つだけで、中央に置かれた黒檀のテーブルを囲むようにして、本棚《ほんだな》のようなものやら、陳列棚《ちんれつだな》のようなものやら、とにかくごちゃごちゃと色々なものが置かれている店だ。

ちなみにローナは蓮弥が正式にシオンのパーティに加わった事をギルドに報告し、手続きをしてくるからと言って、二人とは別行動をとっている。

なんだかまた、見ていない所で妙《みょう》な暗躍《あんやく》をしているのではないかと勘繰《かんぐ》ってしまう蓮弥ではあったが、確認する術はない。

「魔術を教えて欲しいってことだけど、冒険者になろうって人がその年齢《ねんれい》になるまで初歩の魔術すら教わってこなかったって言うのかい？」

声をかけられて、蓮弥は意識を目の前の女性に戻す。

一応、美人と呼ばれる分類に分類しても、どこからも文句は出そうに無い容貌《ようぼう》の女性ではあったが、全般的《ぜんぱんてき》に化粧《けしょう》が濃《こ》い。

これがごちゃごちゃとしたアクセサリーと相まって、総合的にけばけばしい印象を受ける。

年齢的《ねんれいてき》にはおそらく、シオンや蓮弥等《ら》より、二つか三つくらい上なくらいだと思われるのに、そのせいで、やたらと老《ふ》けた感じに見えてしまう。

もうちょっとナチュラルな化粧を心がければ、可愛《かわい》くも見えるだろうにと蓮弥は思うのだが、この辺りの話は趣味《しゅみ》も関係してくるので、一概《いちがい》に言えた話ではなく、蓮弥は沈黙《ちんもく》を守る。

「レンヤは迷い人なんだ」

沈黙を守る蓮弥の代わりにシオンがそう言うと、カリルの視線がどこか珍獣《ちんじゅう》でも見るようなものになった。

あまり気分の良いものではなく、蓮弥は嫌そうな顔をする。

「不快に感じたなら御免《ごめん》よ」

「いや、愉快《ゆかい》なものではないが、仕方ないことだと思ってる」

実際、この世界の住人が迷い人を目にするのは、それこそ元の世界で珍獣を見るのと同じくらいの感覚なのだろうと蓮弥は思っている。

わかってはいるが、それを快く受け入れるか、不快に感じるかはまた別の話だ。

「ってことは、魔術がない世界だったんだね？」

「ああ、俺《おれ》の世界には魔術なんてものは手品くらいしかなかったな」

蓮弥がそう答えると、納得《なっとく》したようにカリルは息を吐く。

「シオンが魔術を教えて欲しい人がいる、なんて言うもんだからさ。もっと若い坊《ぼう》やが来るとばかり思ってたら、あんたみたいのが来ただろう？　何がどうしたのかって思ったわけさ」

「あんたみたいというのがどういう意味なのかは分かりかねるが、質問の意図は理解した。しかし、そんな珍しいのかな？　これでも一応は18歳《さい》なんだが？」

「冒険者なんてものを目指す奴《やつ》らは14、5歳くらいからギルドに入るからねぇ。ちょっと金を稼《かせ》いだら、初歩の魔術くらいはすぐ習いに来るもんさ。魔術師になる奴らなら、もっと前から師匠《ししょう》を探して弟子《でし》入りするもんだしね」

言いながらカリルは、椅子の上でのけぞるようにして、背後の棚《たな》から一本の巻いた紙の束を引っ張り出す。

この世界に来てから蓮弥が驚いたいくつかのことの中に、紙の存在がある。

なんとなくではあったが、元の世界の中世レベルの文化じゃないかと勝手に推測していたので、製紙技術があるとは思っていなかったのだが、この世界にはきちんと植物を煮《に》て繊維《せんい》を取り出して紙にするという技術が広く普及《ふきゅう》しているのだった。

「今すぐに教えられるのはこのリストの魔術だね。一枚目のリストは銀貨5枚で二枚目からは銀貨50枚だ」

いきなり金額が跳ね上がっているが、リストに目を通した蓮弥はすぐにその意味を理解し無駄《むだ》な質問は避《さ》けた。

一枚目のリストに記載《きさい》されている魔術は「着火」や「造水」と言った、一般的《いっぱんてき》に使えば生活が楽になるであろうと言う類のものだったが、二枚目に書かれていたのは「小火弾」や「氷礫」といった、名前からして攻撃《こうげき》に使うのであろうものだったからだ。

「どれを覚えるかは懐《ふところ》と相談してもらうとして、先に適性とか調べようか」

「うん？」

「魔術に対する適性とか、属性とかの話さ。詳《くわ》しく説明すると長々と時間がかかるから省くけど、どのくらい魔術を上手に使う才能があるかとか、どの系統の魔術だと上手に覚えられるかってことの指針みたいなもんだね」

そう言って、今度は上半身を捻《ひね》って背後を向いたカリルが、紙を取り出したのと同じ棚から出してきたのは、拳大《こぶしだい》の透明《とうめい》な水晶球《すいしょうだま》だった。

それをごろりとテーブルの上に転がして、蓮弥の方へ押しやる。

受け取った蓮弥はそれを手のひらに載せるとしげしげと見つめた。

「そんな珍しいもんじゃないさ。材料さえあれば金貨1枚くらいの手数料でいくらでも作ってもらえる安物さね。でもまぁ、事は足りる」

「どうやって使うんだ？」

尋ねながらころころと手のひらの上で転がす蓮弥。

テーブルの上に身を乗り出して、転がされている球を蓮弥の手のひらの上から掴み取ると、カリルはそれをわしづかみにしたまま、蓮弥の目の高さに持ち上げる。

「簡単さ。意識を集中して、この球に光れと念じるだけ。どうせ、魔力《まりょく》の流れがどーのこーのと講釈《こうしゃく》垂れた所で迷い人にゃ理解できないだろ？」

ほれ、と差し出された水晶球を、ごもっともで、と頷きながら蓮弥は受け取る。

シオンとカリルが見守る中、一つ深く大きく呼吸して、気持ちを落ち着けた蓮弥は言われた通りに水晶球に意識を集中する。

これで、なんの変化も起きなかったら、なんだか傍から見て非常にばかばかしい光景だよなぁとちらと思ったが、余計な考えこそが結果を悪くするような気もするので、頭から追いやって無心に念じていると、水晶球の中心に、小指の先程の小さな緑色の光が灯《とも》った。

「緑色か、適性は〈風〉だったな？」

「そうだけど……これはちょっと」

シオンに確認を求められて頷くカリルではあったが、顔色は悪い。

何事か問題があったのだろうかと蓮弥が思っていると、カリルは蓮弥の手からまた水晶球を奪い取り、無造作に背後の棚に放《ほう》り投《な》げた。

重い音を立てて、棚のどこかにしまわれる水晶球に、そんな適当な扱《あつか》いでいいんだろうかと、少し心配になってしまう。

「結論から言えば、あんたの属性は風で、それも相当相性《あいしょう》がいい」

そういえば、こちらの世界に来る前に、あの幼女からもらった技能の中に、適性が風となっている魔術の技能があったな、と思い出す。

きっとあれのおかげなんだろうと思った蓮弥だったが、続いた言葉は想像していないものだった。

「でも、絶望的に魔力の量が少ない。許容量が普通の人の半分以下だね」

「あの光だけで、そんなことまで分かるのか？」

「緑色の色の方は申し分ないよ。ここまできれいに出るのは珍しいくらいさ、でもね。光の大きさが小さすぎる。普通ならぼんやりとでも全体的に光るもんなんだ。魔術師の才能があるなら眩《まぶ》しいくらいには光るし、勇者ともなれば閃光《せんこう》と共に球が砕《くだ》け散《ち》ったなんて記録も残ってるけどね」

そう言い切られてしまうと、確かに先程の光はとても小さかったと言わざるを得ない程度のものだった。

　隣で聞いていたシオンも、うんうんと頷いている。

「私の時も確かに、全体的にぼんやりと光ったな」

「ちなみに色は？」

　参考までにと尋ねた蓮弥に、なんとなく嬉《うれ》しそうにシオンは答える。

「薄緑《うすみどり》色だった。適性は蓮弥と同じ風だな」

「魔力の許容量ってのは、使っているうちに少しずつ増えていくから、ある程度の改善はあると思うけど、スタート位置がそこだと、あんまり魔術には期待しない方がいいねぇ」

　蓮弥にとっては、少々ショックな告知ではあったが、元々そういう力のない世界から来ているのだから、力の許容量が小さいと言うのも納得できる結果と言えた。

　むしろここで、空前絶後の保有量です、等と言われてしまったら、元の世界で生活している間に一体何があったんだと疑問に思ってしまうに違いない。

　望《のぞ》み薄《うす》であると言われても、改善の可能性があるならば、ある程度使える程度にはなれるのではないか、と蓮弥は肝心《かんじん》な事をカリルに尋ねた。

「その許容量を増やすために、効率的な修行方法とかあるのかな？」

　カリルは無言で左の手のひらを差し出す。

意味が分からずに動けない蓮弥の代わりにシオンが尋ねた。

「いくら？」

「銀貨7枚」

短く答えたカリルの手のひらの上へ、シオンが銀貨を7枚落とす。

受け取ったカリルは、今度は右手で蓮弥を手招いた。

招かれるままに、テーブルの上へ身を乗り出して顔を近づけた蓮弥の額へ、カリルが素《す》早《ばや》く自分の胸元《むなもと》に手を突っ込み、取り出した一枚の紙を貼り付ける。

「付与《ふよ》、〈光明〉」

貼り付けられた紙が、燃えることもなくお湯に落とした氷のように、すっと大気に溶《と》けて消えた。

〈報告：外部からの干渉《かんしょう》により、無属性魔術「光明」が付与されました。受理した場合使用可能となりますが、受理しますか？〉

迷わずに蓮弥は受理する。

「呪文《じゅもん》は、我が力に依《よ》りて、光明よ、在れ」

「やたら簡単に使えるようになると聞いていたが、使用権限を付与する形なのだな。それならば納得できる」

カリルがぎょっとした表情を浮かべるが、自分の考えに没頭《ぼっとう》している蓮弥は気がつかない。

今のは蓮弥が思うに、技術を習得している人間が、習得していない人間に対して、原理やら理屈《りくつ》やらをすっ飛ばして、ただ使えるようにするという作業なのだろう、と。

それ故に、親は子を際限なく増やすことができるが、子が子や孫を作ることはできないというわけだ。

なにせ、使えはするものの、何故《なぜ》使えるのかという事を理解していないのだから。

「……噂《うわさ》は聞いてるけど、迷い人ってのは本当に規格外だねぇ」

蓮弥が何を理解したのかを察したカリルは感心したように言う。

その様子から、一般的な人はその事実を知らず、魔術師達《まじゅつしたち》はその事実を魔術師以外には伝えていないのだろうと思った。

多分であったが、魔術師にとっては小銭《こぜに》を稼ぐのに重宝する技術なのだろう。

稼ぎの種をわざわざ外部に漏《も》らす馬鹿もいまい。

二人が何を話しているのか理解できないシオンは、どことなくきょとんとした顔で二人のやり取りを見守っていた。

「で、これが修行方法とどんな関係が？」

「だから言ったでしょ？　使い続ければいくらか改善するって。つまり、なんでもいいから魔術をひたすら使い続けるのが許容量拡張の修行。普通、その修行をする時はこの光明の魔術を使うの」

他の初歩の魔術だと、何かを作ったり、動かしたりと周囲に影響《えいきょう》を与《あた》えるものばかりなのだが、ただ灯《あか》りを作るだけの光明は、別に昼間に太陽の真下で使っても意味がないだけで問題ないし、夜なら、単に明かりの代わりになるだけなのでこれもまた問題が無い。

「とりあえず、騙《だま》されたと思って徹底的《てっていてき》にその方法で修行してみて、しばらくしたらまたおいでな」

「カリル……その、魔術の伝達は？」

おずおずと言った感じでシオンが聞くと、カリルは椅子にもたれかかりながら首を左右に振った。

「無駄。教えてもいいけど、ロクに使えないよ？」

「むぅ……」

「シオン、とりあえず修行方法は教わったんだ。あとはいくらか改善したら、カリルにまた別な魔術を教えてもらおう。今のままではいくら教わっても、魔術を使う力が足りないのだから意味が無い」

なんとなく不満げなシオンを、なだめるように蓮弥が言うと、一応は納得したらしい。

「そうか。ならカリル、また来るから、その時は宜《よろ》しく」

「はいはい、任されました。……それにしてもシオン、どういう心境の変化？」

用事は終わったからと、席を立つ蓮弥。

それを追いかけて席を立ったシオンの背中にカリルがそんな声をかける。

「男なんて仲間にして。なんだか普通の冒険者っぽくなったじゃない？」

「私は元々、普通の冒険者だ！」

「ふーん、へー、ほー」

シオンの言葉を全く信じていない、と言うよりは全く聞いていないようなカリルの態度にちょっとむっとした表情でシオンは続けた。

「大体、カリルは私が誘《さそ》った時に断ったじゃないか」

パーティには魔術師が必要だろうと、シオンはローナの紹介《しょうかい》でカリルを誘ったことがあったのだが、至極《しごく》あっさりと拒否《きょひ》されたことがあった。

その時のカリルの拒否理由は、街でのんびりと魔術の手ほどきで小銭を稼いでいた方がずっとラクだ、というものだったのだが。

「女三人のパーティなんて、危なくて誰が入るのよ？」

「それは……確かにそうかもしれない。そう思ったから、レンヤにお願いして仲間になってもらったんだ」

「なるほど。……ま、がんばってお金稼いでまたおいで。待ってるからさ」

「ああ、また来る。それじゃ、またな」

軽く手を振って、退室するシオンを見送ってから、カリルは頭の後ろで手を組み、何か面白《おもしろ》いものを見たかのように、にやりと笑みを浮かべた。

「ようやくって感じかなぁローナ、まぁまぁ上手にやってるようで何よりさ」

さて、修行方法を教えてはみたものの、次に来るまでにはどのくらい育っているものだろうかと思いつつ、カリルは金髪《きんぱつ》の友人の顔を思い浮かべつつそう呟くのだった。

＊＊＊

しばらく仕事は請《う》けない。

そう言った蓮弥の言葉は、シオンとローナには驚かれはしたが、特に反対意見もなく受け入れられた。

カリルの店で魔術を教わった後、宿屋でローナと合流した蓮弥は、早速《さっそく》仕事を引き受けようと言い出したシオンに対して、そう言い放ったのだ。

お金を稼ぐ為《ため》に冒険者をやる、と言ったくせに、仕事をしないとはどういうことなのかとローナに問われはしたが、蓮弥はきっぱりとこう答えた。

「俺自身が、俺の性能について把握《はあく》しきれてない」

自分に何ができて、何ができなくて、できることはどのくらいのレベルでできるのか、という基本的な情報について、理解が及《およ》んでないと蓮弥は言うのだ。

自分のことだろうと不思議がるシオン。

確かにそうなんだが、と前置きして、どこまで話したものかを考えながら蓮弥は言う。

「実はこちらの世界に来た時に、前の世界の記憶がほとんど抜《ぬ》け落《お》ちてしまってるんだ。だから俺自身が前の世界で何をどうしていたのか、って事が分からない」

「記憶喪失《きおくそうしつ》というやつなのか？　しかしそれにしては、あまり混乱している様子も見られなかったし、出会った時にすぐ、迷い人だと名乗ったよな？」

実は神様に出会って、転生を依頼されてこちらに来ました、とは言えない蓮弥である。

言っても構わない気もするのだが、信じてもらえるとは思っていないし、馬鹿にされるだけならともかく、精神の病だと思われては面倒なことになる。

「それは俺もよく分からないな。何せ異世界に渡るのなんて経験があるわけもないし。名乗りについてもなんかそんな情報を言われた気がするだけで、誰が教えてくれた、とかについては全く覚えてないんだよ」

言葉の真偽《しんぎ》を確認する方法がない以上は、知らぬ存ぜぬを言い張ってしまえば、それが事実となる。

嘘《うそ》であることを証明しようにも、証言台に立てそうな人物は、どこか遠い空の下にいるであろうあの幼女くらいなものだ。

「それについては別に、もう仕方のないこととして納得してはいるんだが、俺自身がどのくらいの実力があるのか、とか何ができるのかと言ったことについて分からないと、いざという時に困るだろう？」

「それはそうだな」

手に持っている剣《けん》が、どのくらい斬《き》れるものなのか分からないままに振り回す馬鹿《ばか》はいない。

それはシオンにも非常に分かる話だったのか、蓮弥の言葉に深く頷いている。

「だからちょっとな。鍛錬《たんれん》も含《ふく》めて自己の確認をしたい、というわけなんだよ」

「なるほど理解した。私達は先の仕事の報酬が入っているから、しばらくは大丈夫《だいじょうぶ》だよな、ロウ？」

「ええ、ですが、どのくらいの期間が必要なんでしょう？」

「二日もあれば把握はできると思う。鍛錬は続けるがね。それで相談なんだが」

　さて、どちらに話を振るべきか、と蓮弥は考える。

「どこか、適当に暴れても問題ないような場所がこの街の近くにあるだろうか？」

　考えてはみたものの、結論が出なかったので、話の流れそのままに、蓮弥はシオンに問いかけてみる。

　あまりそういった事に関して、と言うよりは物事全般的に、さしたる情報を持っているようには見えないシオンだったのだが、答えはあっさりと返ってきた。

「それならば、北門を抜けた所の平原がいい」

　シオン曰《いわ》く、この街の周辺は、どの門を抜けても平原になっているが、北門から抜けた平原が最も危険が少ないと言う。

　それは出没《しゅつぼつ》する魔物《まもの》が弱いということに加えて、徒歩で数時間程歩いた所にあるのが「隠者《いんじゃ》の墳墓《ふんぼ》」を擁《よう》するという岩山群であり、つまりは門を出た先に何もないらしい。

　北門以外の門の先は、そこそこの魔物が出たり、農地として使われていたりと、人やら魔物やらが常にいるので、暴れると誰かの迷惑《めいわく》になりかねない。

北門方面は、土地もあまりよくないので農地としても使われず、よく修練中の剣士《けんし》や魔術師が鍛錬と言う名前の破壊《はかい》活動に勤《いそ》しんだりしているが、今のところ苦情が寄せられたりすることはないそうだ。

「私もお世話になった場所なんだが、本当に何にも無いんだ。素振《すぶ》りをするには最適なんだが、カリルはストレス発散とか言ってあちこち穴だらけにしていたな」

「それだけやってもお咎《とが》めなしか。そこが良さそうだな」

そうと決まった翌日、蓮弥は早朝、シオン達が起き出してくるよりずっと早い時間に寝《ね》床《どこ》から出ると、前日宿の主人にお願いしていた弁当を受け取り、やっぱり美味《おい》しいとは思えない朝食をかきこむと、宿を出た。

荷物は全《すべ》てインベントリに格納してあるので、手ぶらの状態で十分であり、もらった弁当もインベントリにしまいこみ、一路北門を目指す。

走り出した蓮弥の、拳《こぶし》は握り締められており、指の隙間《すきま》からかなり強い光が漏れているのが見える。

それは昨晩から始めた魔術の修行だった。

最初は宿の自分の部屋に戻るなり、使ってはみたのだが、流石《さすが》に専門家が魔力が絶望的に足りないと言うだけあって、光源を一つ作った所でめまいが来た。

それはすぐに治まったのだが、そのめまいこそが魔力の枯渇《こかつ》状態なのだろうと蓮弥は推測している。

ゲーム等ではないのだから、魔力の残量が数値で見えるわけもない。

休み休み使っていこうかと、一度使っては時間を置き、また使っては一休みし、とやっている間に、蓮弥はこの「光明」の魔術《まじゅつ》がどんなものなのかを理解する。

まず、明るさの調整ができない。

呪文を唱えれば光が出る、くらいの理解しかしていない状態では、どうやったら光に強弱をつけられるのかが分からず、イメージの問題なのかとも思ったのだが、マグネシウムの閃光みたいなものを想像しながら呪文を唱えても、蓮弥の感覚で言う所の懐中《かいちゅう》電灯並みの光を周囲に放つ光源ができるばかりであった。

どうしたらいいか、分からずに、なんとなくこう言う時にこそヘルプ機能は働くべきだろうと思ってみると、視界の下の方にメッセージが流れた。

〈報告：ヘルプ機能　魔術の強弱について。魔術の強弱は第一節の詠唱《えいしょう》により決定します。「我が力に依りて」→「我が力に集《つど》いて」→「我が力を糧《かて》となし」→「我が力を捧げ」のように変化しますが、権限を付与された場合は「集いて」より上の節の使用は不可となっております。それ以外の方法による強弱の区別は、使用する魔力の量と比例しますがこちらも付与権限の場合は不可です〉

「権限の制限を取り除く方法は？」

便利な機能だよな、と思いながら疑問を口にしてみる。

〈報告：ヘルプ機能　魔術の使用制限解除の方法は、各魔術に対応する印を記憶に転写する必要があります。現在使用できる「光明」の制限解除を行いますか？〉

できるんだ、と思いながらも制限解除を実行させると、軽い痛みが額の辺りに走り、蓮弥の脳裏《のうり》に一つの図形が浮かび上がってきた。

なんというか、形容しがたい文字のような絵のような図形だったが、それが制限を解除する為の印というものらしい。

〈報告：無属性魔術に対する制限解除を行いました。使用印：無属性マスターキー〉

「……光明だけじゃないのかよ……」

本来は、各魔術に対応する印をひたすら記憶するようにし、それを鍵《かぎ》として魔術の使用制限を解除することで、詠唱と、使用魔力による魔術の調整等ができるようになる所を、このヘルプ機能は、無属性に関する魔術であれば、全てに対応する印を蓮弥の脳裏に焼き付けることで、一つずつ行う作業の全てを省略してしまったようだ。

色々ともらった技能より、こちらの機能の方がよっぽどチートなんではなかろうかと蓮弥は思うが、やってしまったものは仕方ないし、別に悪影響《あくえいきょう》があるわけでもないので、気にしないことにする。

二つ目は、作製した光源は移動させることができない。

正しくは、空間を指定して魔術を行使した場合、その空間から光源を移動させることができない、というものだった。

これは、先の制限解除を行った後、いきなり「我が力に集いて」と詠唱してみたら、消費魔力が不足だったのか、魔術は行使されないわ、意識はいきなりブラックアウトするわで酷い目にあった後に気がついたことだった。

それまでは、一度魔術《まじゅつ》を使ったら、その効果が切れるまで休憩《きゅうけい》し、また使うような形でやっていたのだが、10回も繰《く》り返《かえ》してみた所でめまいがしなくなってきたので、多少許容量が増えたのだろうと、続けて2回唱えてみたのだが、また軽いめまいを覚えた後、休憩しようと部屋の真ん中に浮いている光源をどこかにどかそうとして、動かせない事に気がついたのだった。

光源自体は熱を発することも無く、ただ白々と輝いているだけだったのだが、どうやら一度位置を指定して実行してしまうと、効果が切れるまでその位置に存在し続けるというものらしい。

これだと、ある程度数が出せるようになってくると、部屋中光源だらけになってしまうわけで、実害はないとしても、なんだか非常に気になってしまうなと、色々試行錯誤《しこうさくご》した結果、最初からどこか一点にまとめて発動させるか、物に魔術をかければ、その物を移動させれば光ったまま移動させられるという事に気がついた。

それだけ分かればあとは実行するのみである。

めまいがするのを一つの目安として、機械的にかつ徹底的に、蓮弥は魔術を使いまくった。

3時間程《ほど》それを繰り返していると、めまいがするまでに出せる光源の数が8個まで増えたのだが、同じ呪文を何回も繰り返して唱えるという作業が苦になってくる。

何か良い方法は無いものか、考えた蓮弥は、なんとなく思いついた方法をだめもとで試《ため》してみることにした。

「〈無詠唱〉で今の〈光明〉を実行。〈術式並列起動〉で8回同時起動」

〈了承《りょうしょう》〉の文字が一瞬《いっしゅん》見えたかと思うと、蓮弥の頭の上に、等間隔《とうかんかく》に8個の光源が出現した。

上手《うま》くいったと思う気持ちが半分、そういえば位置を指定してなかったなと思う気持ちが半分だったが、蓮弥はほくそ笑《え》む。

もらった技能を組み合わせてマクロが組めるということが証明されたからだ。

しかしこれも一回ごとに宣言しなくてはならないのだとすれば、どうにも面倒《めんどう》くさい。

少し考えてから、蓮弥は先程の宣言に少々手を加えた。

「〈無詠唱〉で今の〈光明〉を実行。〈術式並列起動〉で8回同時起動。俺の魔力の残量が5割を切るまで繰り返し。魔力の完全回復後再実行を、中止するまで繰り返し。位置は俺の右手の平を指定」

本当は、魔力が尽《つ》きるまで繰り返しとしたかったのだが、魔力が完全に枯渇した場合に身体にどんな変化が起きるのか分からなかったので、安全マージンをとって5割とした。

気絶するだけならば、自室で行う限りは大丈夫であろうが、それでも毎回毎回気絶しまくるのは身体に悪いような気がする。

魔術の行使位置を手の平にしたのは、蓮弥はこの魔術の消し方を知らないので、作った光源はおよそ10分が経過するまで消えなかったのだが、手の平の上で光らせる事で握り締めれば取りあえずは隠《かく》せるからだ。

このマクロも蓮弥が考えた通りに動作し、こうして蓮弥は安全かつ手間のかからない方法でひたすら魔術を行使し続ける方法を手に入れた。

ここで蓮弥は一つの思い違いをしていることに気がつかなかった。

通常、めまいを引き起こす程に魔力の残量が減った場合、魔術師達の間ではこれを残量1割くらいとしていたが、そこまで枯渇した場合は回復するまでにはほぼ半日の休息を必要とするのが常識だったのだ。

しかし、蓮弥の保有する技能の〈超回復《ちょうかいふく》〉が減った端《はし》から次々と常識外れの速度で回復させているものだから、半日のインターバルを必要とする作業を数十秒おきに繰り返すような、無茶《むちゃ》な状態になっている。

さらに、本来なら8回分の魔術を使う時間は、術式並列起動に加えて高速充填《じゅうてん》の技能のおかげでほとんどキャスト時間もクールタイムも無しに連続行使されている。

極《きわ》め付《つ》けが「成長限界突破《とっぱ》」の技能だった。

蓮弥はこれをもらう時に、鍛錬すれば鍛錬しただけ成長する、つまり成長限界を突破する為の技能だと理解してもらったのだが、実際これは蓮弥が思っている性能の他《ほか》に、通常の成長速度の限界も突破するという効果があった。

つまり蓮弥は、常識外れの回数の修行を、常識外れの速度で実行し、常識外れの成長速度でもって成長限界を解除された能力を育てているという状態にあるのだが、本人はそれを全く意識していない。

それどころか、カリルから絶望的に量が少ないと言われた事が蓮弥の修行への意識に拍《はく》車《しゃ》をかけていた。

この世界の住人達《たち》はきっと幼い頃《ころ》から魔術に触《ふ》れ、自分など及びも付かないようなレベルでそれを行使しているのに違いない、と。

だから、後発組である自分は、徹底的にその能力を伸《の》ばさなくては、到底《とうてい》この世界の住人に太刀《たち》打《う》ちできるものではない、と蓮弥は考えている。

行使できる魔術は光明しかないので、マクロを実行している時間が延びる度に、蓮弥はマクロの中身を切り替えた。

今のマクロは次のようになっている。

「〈無詠唱〉で最大威力《いりょく》の〈光明〉を実行。〈術式並列起動〉で16回同時起動。俺の魔力の残量が2割を切るまで繰り返し。魔力の完全回復後再実行を、中止するまで繰り返し。位置は俺の右手の平を指定」

カリル辺りが聞いたら、目を剥《む》いて驚《おどろ》く内容だが、蓮弥本人はまだまだ足りないと思っている辺りが恐《おそ》ろしい。

かくして、誰《だれ》も止めるものがいないままに、チートな技能を駆使《くし》したチートな才能が育ち始めたのである。

北門で、ギルドカードを提示した蓮弥は、衛兵にどこへ行くのかと尋《たず》ねられて、修行《しゅぎょう》がてらちょっと遠くまで走ってみると答えた。

気をつけて行けよと手を振《ふ》ってくれる衛兵に手を振り返し、しばらくはてくてくと歩いていたが、ある程度門から距離《きょり》が離《はな》れたなと思った地点から、やおら走り出す。

ちょっと遠くとは言ってみたものの、北門を出て周囲を見回した蓮弥は、シオンが言っていた通り、本当に何もない光景を目にした。

弱めの魔物でもいれば、と思っていたのだが、それらの気配も無く、見えるのは荒《あ》れた地面と、丈《たけ》の低い草がちらほらと生えているだけ。

武器を振り回すだけならばちょうどいいのかもしれないが、どうにも物足りなさを感じた蓮弥は持久力のテストも兼《か》ねて、走れるだけ走ってみようと考えた。

街から離れれば、手ごろな魔物がいるかもしれない。

最初は軽いランニングをする程度の速さで、しばらく流してからマラソンをするような感じで走ってみるが、息が切れる様子がない。

随分《ずいぶん》と身体が軽くなったものだと思いながら、今度は短距離《たんきょり》を走るような感じで飛ばしてみるが、やはり息は多少上がるものの、切れて走れなくなるような気配がない。

自分の身体ながら、なんだか不気味な印象を受けてしまう蓮弥ではあったが、悪い事ではなく、どちらかと言えば便利でよいことなのだからと考えるのを止める。

1時間ほど緩急《かんきゅう》をつけつつ走り続けていると、あっさりと平原が終わり、ごつごつとした岩肌《いわはだ》を晒《さら》す岩山群に到着《とうちゃく》してしまった。

生き物の気配のない、連なる岩山を見上げながら、ざっと頭の中で計算してみる。

シオンはこの岩山群まで徒歩で数時間だと言っていた。

個人差があるが、徒歩の速度はおよそ時速4ｋｍくらい。

この世界の住人、と言うより冒険者達《ぼうけんしゃたち》は、身体を鍛《きた》えているので、それよりも少し早いと仮定して時速5ｋｍで計算。

数時間と言うのは5、6時間くらいと言う意味だろうから、少なく見積もって5時間とすれば、街から岩山群までおよそ25ｋｍ離れているという計算になる。

時速25ｋｍと言えば、１００ｍを大体14秒くらいで走る計算。

そんなに速いわけではないよな、と思う蓮弥であるが、42ｋｍちょっとを2時間で走るのがマラソンである、ということから考えれば、彼《かれ》の考えは非常にずれていると言える。

「さて、それじゃ始めますか」

インベントリから買ったばかりの長剣《ちょうけん》を取り出して、握りを確かめながら蓮弥は呟《つぶや》く。

切れ味の分からない刃物《はもの》を振り回す馬鹿《ばか》はいない、という思いは自分自身の性能について思った言葉だが、同じことが買ったばかりの武器にも言える。

とは言え、蓮弥はこの長剣になんの期待もしていなかった。

大量に作られ、市販《しはん》されているそれは、刃と言えるほどの刃もつけられてはおらず、叩《たた》きつけて圧《お》し切《き》るような使い方をする為の造りだ。

これが非常に蓮弥には不満で仕方が無い。

せめて多少なりとも切れ味を期待できるものならば、と思ってしまうのだが、これがこの世界の一般的な武器だと言うのだから、諦《あきら》めざるを得ない。

握りを確かめた後は、軽く振り回してみる。

蓮弥はこの世界で教えられている剣術《けんじゅつ》に関する知識はまるでない。

そして、記憶《きおく》が消されているので、確かにとは言えなかったが、元の世界ではこういった武器の扱いを学んだこともないはずだった。

だからこそ、型のようなものについても知識があるわけもなく、なんとなく振り回すような格好になってしまうが、そこは全くなんの知識もないわけでもなかったので、幾筋《いくすじ》かの斬撃と刺突を組み合わせた素振りは、そこそこではあったがさまにはなっている。

蓮弥にとって、ついていないことだったのだが、彼が剣道《けんどう》だけをひたすらやっていれば、ある程度は今使用している剣でも満足のいく戦い方ができたかもしれない。

しかし、彼が前の人生の大半を費やして身体に染み付かせた技術は、刀を使用した剣術という技術である。

これは、今蓮弥が手にしている長剣を代表とするような、この世界の武器との相性が最悪だったのだ。

叩きつける、圧し切ることを目的とするこの世界の武器とは異なり、刀は当てて引いて初めて斬れるものである。

この世界の長剣のように叩きつけて使えば、どんな名刀とて折れるか曲がるかしてしまうことだろう。

斬り方が違《ちが》うのだから、当然扱い方も全く違ってくる。

そういった違いが、蓮弥の身体に不満として堆積《たいせき》し、どうにも身の入らない動きになってしまっているのだ。

開拓村《かいたく》でのゴブリンとの戦いでは、戦いに赴《おもむ》く興奮のままに、武器を振り回していたのでまだ良かったが、冷静に、普通《ふつう》に戦おうとすれば、この違和感《いわかん》と言うか不満はかなり大きい。

しばらく何通りかの素振りを繰り返した蓮弥は、長剣を鞘《さや》に収めてインベントリの中へ放り込むと、溜息《ためいき》をついた。

「これはダメだな……話にならん」

そこそこはいける。

だが、そこそこで満足できるような性格を、蓮弥は持ち合わせていない。

深く溜息をつき、手ごろな石に頭を振りながら腰掛《こしか》けた時だった。

「何かお困りでしょうか？」

突然《とつぜん》背後からかけられた声に、弾かれたように蓮弥は立ち上がり、振り返りながら身構える。

蓮弥の背後は岩山の斜面《しゃめん》であったが、その岩山の見上げるような高さの一段に、しゃがみこみ、自分の膝《ひざ》に肘《ひじ》をつけて、両手で顔を包み込むようにして支えながら、見下ろしている一人の少女がそこにいた。

長い黒髪《くろかみ》を頭の左右で結ぶツインテールの髪型《かみがた》に、半眼でどこか眠《ねむ》たそうな雰囲気《ふんいき》の紅《あか》い瞳《ひとみ》。

地味な茶色のシャツとズボンの上から、くすんだ灰色のマントを被っており、右の腰《こし》には大きめのポーチをぶら下げている姿は、おそらくは旅の途中《とちゅう》なのだろうと思わせる姿だった。

「誰だ？」

見た覚えのある人物ではない。

誰何《すいか》する蓮弥に少女は答えを返さずに、しゃがみこんでいた場所で立ち上がると、そのままそこから飛び降りる。

その身のこなしに、蓮弥は警戒《けいかい》の念を強めた。

蓮弥が見上げるくらいの高さなのだから、おそらく3ｍくらいはある所から飛び降りたというのに、少女はほとんど膝を曲げることもなく、それでいて着地の衝撃《しょうげき》によろめいたりすることもなく、音も無くと言う形容そのままに、蓮弥の目の前に降り立って見せたのだ。

「名前を尋ねるなら、尋ねた側から名乗るのが常識でしょうと言いたい所なんですが、声をかけたのが私からでしたので、名乗りましょう！」

わざとらしくマントを跳《は》ね上《あ》げ、腰に両手を当ててふんぞり返る姿は、どこからどうみても胡散臭《うさんくさ》い上に怪《あや》しい。

いつでも逃げ出せる距離と体勢を維持《いじ》しながら、見守る蓮弥の前で少女は堂々と名乗りを上げた。

「旅商人《たびしょうにん》の、ギ……キリエといいます！」

「威張《いば》るほどのもんじゃないと思うんだが？」

冷静に、可能な限り素早く蓮弥が突っ込みを入れると、ふんぞり返っていたキリエはしゅんと肩《かた》を落とした。

「その場のノリというものがあるじゃないですか」

「それは知らないが、その旅商人さんが、何か用か？」

わざわざ声をかけてきたのだから、何か用があるのだろうと蓮弥が問いかける。

その表情からは、警戒の色が消えず、キリエと名乗った少女は苦笑《くしょう》した。

「そんなに身構えなくても……」

「近くに誰もいないことは一応確認《かくにん》してた。それでもお前はいた。警戒するには十分すぎる理由だろう？」

ローナが使ったような法術を蓮弥は知らない。

だから確実に、とは言えなかったが、それでも周囲に気を配り、視界の届く範囲《はんい》の中には誰もいないことは、確認していたのだ。

おそらく、不恰好《ぶかっこう》になるであろう、自分が剣を使う姿を誰かに見られたくなかった、というのがその理由ではあったのだが。

「旅商人ナメてもらっては困りますよ。なにせ野盗だの魔物だのの襲撃《しゅうげき》をかわしながら街から街に旅を続けつつ商売をするんですからね。気配を消すくらい朝飯前なのですよ」

一転してまた、ぐいと胸を張るキリエ。

そんなものなのだろうかな、と思いつつ、さらに蓮弥は疑問をぶつけてみる。

「商人と言う割に、商品を持ち歩いてないようだが？」

「私はレアな旅商人なのですよ。虚空庫《こくうこ》持ちなんです、すごいでしょ？」

なるほど一応、理は通っているなと蓮弥は頷《うなず》いた。

「で、何を扱《あつか》っているんだ？」

「扱えるものならなんでも。こんな所でお会いしたのも何かの縁《えん》。いくつかごらんにいれましょうか？」

返事も待たず、キリエは腰にぶら下げているポーチから、到底そんな所には入りそうにない大きさの絨毯《じゅうたん》を引っ張り出すと、地面に直《じか》に敷《し》く。

さらに、同じポーチから色々な品物を引っ張り出してその上に並べる様を見ながら、なんだかそんなポケットを持ったアニメがあったっけかなぁと思う蓮弥。

色とりどりの液体の入った試験管のような小瓶《こびん》や、貴金属に宝石をあしらった装飾品《そうしょくひん》、黒い革のような材質で出来ている指の部分が露出《ろしゅつ》するようなつくりになっている手袋《てぶくろ》やら何足かの靴《くつ》。

そんなものが並べられていく中、蓮弥の目は最後にキリエが引っ張り出したものに釘付《くぎづ》けになった。

「それは……」

「おや、これに目をつけられるとはお目が高い」

キリエが両手で捧《ささ》げ持《も》つようにして、蓮弥の目の前に差し出したのは一振《ひとふ》りの刀であった。

黒くつや消しのされている革を編みこんだ柄《つか》。

同じくつやのない黒い金属で作られた飾《かざ》り気《け》のない鍔《つば》。

刀身は鞘の内にあって見ることはできないが、鞘も金属製のようであり、こちらも色は黒色で、銀で唐草《からくさ》のような模様が施《ほどこ》されている。

「どうぞ、抜いてお確かめ下さい」

手渡《てわた》された刀の鞘を左手で握り、鯉口《こいぐち》を切る。

くんっという小気味良い感触《かんしょく》から、鞘の内を刃が滑《すべ》る感触。

抜き放った刀身の刃を返して、目の高さで構えた蓮弥は小さく感嘆《かんたん》の吐息《といき》を漏らした。

地鉄《じがね》は小板目肌《はだ》よく詰《つ》み、乱れ映りが立ち、刃文は浅い湾《のた》れにむっくりした互《ぐ》の目《め》風丁子《ちょうじ》を交える。

刀身は目測でおよそ二尺四寸。

バラして茎《なかご》の銘《めい》を見てみなくては分からないが、反りが浅いので、おそらくは打刀《うちがたな》と呼ばれる分類の刀だと思われた。

しばらく、刃の状態を確かめるかのように見つめていた蓮弥は、注意深く刀身を鞘へ戻《もど》すと、刀をキリエへ返した。

「大した業物《わざもの》だった。眼福だったよ」

「おや？　お買い上げにはならない？」

意外そうに言うキリエだが、蓮弥は当たり前だろうと言うように一つ息を吐《は》いた。

「これだけの品物だ。とても手が出ないだろ」

「いやー、これってどこかに居た迷い人が伝えたらしい武器なんですけどね。こちらの世界じゃあんまり人気のない武器なんですよ」

受け取った刀を右の片手で握りながら、空いている左手で頭をかきかき、キリエが困ったように笑う。

「とってもキレイなので、美術品としてたまーに出物があるんですけど、武器としてはきちんと扱える人がいないと言うか、見た目で手を出して折っちゃう人が多くて、正直な所、引き取り手がないんですよねぇ」

「もったいないことだな」

心の底からそう思う蓮弥だった。

その言葉を食いついた、とでも思ったのか商品を勧《すす》めるキリエの声に熱が篭《こも》る。

「やはり道具は扱える人に扱ってもらうのが本望《ほんもう》だと思うんですよ。そんなわけでもし貴方《あなた》がこれをきちんと扱えるならば、特価でお譲《ゆず》りしてもいいかなぁと。なんと驚きの金貨20枚！」

「十全に扱える、と思うが。持ち合わせがない」

こちらの世界に来た時に持っていた分と、魔石の売却額《ばいきゃくがく》にゴブリンの討伐報酬《とうばつほうしゅう》を足しても届かない金額に、あっさりと蓮弥は購入《こうにゅう》を諦めた。

無い袖《そで》は振れないわけであるし、どこかから借りてまで購入したいと思う程には困っていない。

刃物だと思って使うから、長剣の扱いに困るのだ。

ただの鉄板だと思って振り回せば、それなりには戦えるだろう。

そう思って諦めた蓮弥だったが、キリエはここでこの買い手を逃《のが》したら、次に売れるのはいつになるのか分かったものではないとでも思っているのか、真剣《しんけん》に食い下がってくる。

「でしたら、物々交換《ぶつぶつこうかん》なんていかがです？　こんな所で武器の修練をしている所からして、冒険者《ぼうけんしゃ》の方でしょう？　何か珍《めずら》しいものがあれば、それと交換《こうかん》も承《うけたまわ》っておりますよ？」

「生憎《あいにく》と、こちらの世界に来て、まだ日が浅い。とてもそれに見合った珍しいものなど持っているわけもない」

「む？　こちらの世界？　もしかして貴方は迷い人の人？」

隠す必要はない、と言われていたのでぽろりと口にしてしまった言葉を聞きとがめて、キリエが驚きとともに尋ねてきたので、蓮弥は頷いた。

蓮弥が頷くのを見て、キリエの顔がぱっと喜色に輝《かがや》く。

「でしたら！　そちらの世界から何か持ち込んでいませんか？　こちらの世界に無いものであれば、十分な価値がありますし」

「そう言われてもな……」

普通の迷い人は、元々いた世界から、転げ落ちるようにしてこちらの世界に来るというので、落ちた時に持っていた物をそのままこちらの世界に持ち込んでいてもおかしくはない。

しかし、蓮弥は、あの幼女の言葉を信じるのであれば、一度元の世界で完全に死亡した身である故《ゆえ》に、元の世界から何も持ち込んではいない。

そこまで考えてふと、蓮弥は自分のインベントリを開いてみる。

そこに収納されている一つのアイテム。

それは、元の世界から持ち込んだ代物《しろもの》ではなかったが、由来からすれば元の世界に由来する品物であった。

自分にとってはそこそこ価値のあるものだったが、認めるのも業腹《ごうはら》ではあるが、普通の人からしてみれば、それは……言いたくはないが棒と呼ばれても仕方のない物だ。

そうは思っても、他に選択肢《せんたくし》も無く、蓮弥はインベントリからそれを取り出す。

「それは？」

「竹刀《しない》と言う。俺《おれ》の世界での……まぁ一応は武器だな」

「それはまぁ……なんというか……ちょっとお借りしても？」

頭をかいていた左手を差し出してくるキリエに、蓮弥は取り出した竹刀を渡《わた》す。

一瞬、持ち逃げされる可能性が頭をよぎるが、足元にはキリエが広げた商品がまだ広げられたままであり、それを置いたまま逃げることは考えにくかった。

キリエは右手に刀を持ったまま、左手で竹刀の柄を掴《つか》み、軽く振ったりしてみている。

「これはまた、随分と軽い」

「俺の世界では、主に練習用として使われる武器だしな」

「ほうほう。……おや？　これ10等級品ですね？」

しげしげと竹刀を眺《なが》めていたキリエが、ふと気がついたように言う。

確か、初めてインベントリで見た時にそんな説明がついていたな、と思い出す。

商人なのだから、目利《めき》きはお手の物なのだろう。

もしくは鑑定《かんてい》の技能でも持っているのかな、と思いつつ蓮弥は頷いた。

その顔色を窺《うかが》うようにしながら、右手の刀と左手の竹刀を軽く打ち合わせつつ、何か考えていたキリエは、打ち合わせた回数が10回を数えた頃、おもむろに右手の刀を蓮弥に向かって差し出した。

「おい？」

「交換しましょ。物は良く分かりませんが、10等級品ともなれば、好事家《こうずか》がいくらでもおりますから、これは売れます！」

「自分で出しておいて言うのもどうかと思うが。いいのか？」

「ええ、こっちの刀は私が持っていても売り物になりませんし。等級だって7等級ですので、大分落ちますし」

「交換してくれるなら、それは助かるが……」

今ひとつ腑《ふ》に落ちない顔をする蓮弥であったが、キリエは実に良い買い物をしたとばかりに、ニコニコと笑顔《えがお》を浮かべている。

「私も不良在庫がはけて、新しい商品が手に入って、イイコト尽《ず》くめですよ」

「そう、か？　本当にそれでいいならお願いしたいんだが」

「はい、まいどありーですよー」

なんだか非常に不釣合《ふつりあ》いな取引をしてしまった気がしてしょうがない蓮弥だったが、キリエは刀を蓮弥に押し付けると、さっさと竹刀をポーチ経由で虚空庫へしまいこんでしまった。

「他に御用命《ごようめい》はないですか？　なければ商品しまっちゃいますけども？」

「ああ、持ち合わせもそれほどないからな」

手に入れた刀を握り締めつつ、蓮弥は答えるが、頭の中では、さてこれをどうやって装備したものかと思っている。

打刀なので、腰に帯びるのが正しいのだが、蓮弥の今の服にこの刀を差す場所などあるわけがない。

「そういえばー……」

かなり無造作に、広げていた商品をポーチへ戻しながら、キリエが言う。

「折角《せっかく》ですし、その武器を十全に使うとどうなるのか、見せてもらえません？」

「ふむ？」

「標的は用意しますし」

広げていたものをあらかたしまい終えると、キリエはポーチから別なものを引っ張り出した。

それと似たものは、蓮弥は元の世界の田んぼ等で見たことがあった。

棒と藁《わら》で作った案山子《かかし》である。

人の身体っぽい形に作られた案山子には、革鎧《かわよろい》が着せられており、それなりに強度はあるように見える。

キリエは、地面に突《つ》き刺《さ》すように杭《くい》になっている足の部分を地面へ突き刺すと、はいどうぞと言わんばかりに蓮弥に合図を送ってから、少し離れた。

どうしようかなとは思ったが、どこか先ほどの取引に負い目のようなものを感じていた蓮弥は、そのくらいの要望であれば聞くべきだなと考えた。

それにキリエが言っていた「きちんと扱える人」であると言う証明もしておく必要がある。

キリエが案山子から十分離れたのを見て、蓮弥は軽く腰を落とし、左の腰の辺りに刀を持ち、右手をそっとその柄に添《そ》えた。

今、初めて使うというのに、ずっと昔から携《たずさ》えてきたような錯覚《さっかく》を覚える時間。

蓮弥の瞳は、じっと案山子を見据《みす》えている。

蓮弥から案山子までの距離は、ざっと２ｍほど。

見ているだけで息苦しくなるような圧迫《あっぱく》感を覚えて、キリエが我知らず唾《つば》を飲み込んだ瞬間《しゅんかん》、蓮弥の右手が動いた。

抜《ぬ》いた、と思った時には、もう蓮弥の身体は元の位置に戻っており、ゆっくりと余韻《よいん》に浸《ひた》るかのように、刀身が鞘へ戻されていく。

キリエは呆気《あっけ》に取られる。

目を離した覚えは無い。

無いというのに、キリエの視界からは、蓮弥が一歩踏み込んで案山子に斬り付けるという部分の光景がすっぽりと抜け落ちてしまっていた。

なんだか、自分が斬られてしまったような気分で見守るキリエの目の前で、蓮弥が刀身を完全に納めるのと同時に、まず案山子が縦に割れた。

ついで、左腋から右肩《みぎかた》へと切り裂かれた案山子は四つに分かれて地面に落ちる。

「立った位置からの抜刀《ばっとう》だから、これは抜刀術と言うのが多分正しい」

ふーっと息を吐き、固まったままのキリエの方を向きながら蓮弥が言う。

「剣術とはまた別の技術なんだが……満足してもらえただろうか？」

にこり、と笑って見せた蓮弥の笑顔に、おそらく蓮弥は何も意識してはいなかったのだろうが、キリエは背筋が凍《こお》るような思いで、こくこくと首を縦に振る以外できなかった。

第二章 依頼をうけてきたらしい

「依頼を受けてきた！」

なんだか妙《みょう》に嬉《うれ》しそうなシオンが、開口一番にそんな台詞《せりふ》を口にしたのは、二日に及《およ》ぶ岩山群での習熟訓練から蓮弥《れんや》が街に戻ってみたら、何も言わずに二日も街を空けた蓮弥に対する、シオンとローナの批難の集中砲火《ほうか》を食《く》らった次の日の昼下がりであった。

どうやら、弁当を一つだけ持って出て行ったと言うのに、夜になっても戻る気配のない蓮弥の身に何かあったのではないか、と心配していたらしい。

持って行った食料を少しずつ消費しながら、仮眠《かみん》を挟《はさ》みつつ、ぶっ続けで二日間外で身体を慣らすというのは、蓮弥にとってはなんでもないことだったのだが、言われてみれば確かに、一食分の食料だけ持って行ったのであれば、その日の内に一度戻《もど》ってくると思われても仕方のない所はある。

だがしかし、最初から二日くらいかかるよ、と言ってあったのだから、批難される謂《いわ》れは無いと思いたかったのだが、シオンから切々と自分達が如何《いか》に蓮弥を心配していたのかを説かれれば、下手な反論はかえって火に油を注ぐことにもなりかねないだろうとひたすら平謝《ひらあやま》りに徹《てつ》することにした。

心配をかけたのは事実なのだし、誰かに自分の身を案じてもらうという事が、なんだか新鮮《しんせん》に思えたので、頭を下げ続けるという行為《こうい》は、さして苦にならなかった。

それはともかくとして。

ちょうど蓮弥は、やっぱり美味《おい》しくはない昼飯を食べ終え、少しずつでも何か周囲の環《かん》境《きょう》を改善していくべく、宿の主人から煮沸《しゃふつ》したお湯をもらい、それを口の広い、蓋《ふた》のできる陶器《とうき》ビンに注ぎ込み、しっかりと冷めるのを待つ間に、近くの露店《ろてん》で見つけて購入してきたリンゴに良く似た果実を、適当な大きさに刻んでいる最中であった。

皮がついたまま、一口大に切られたそれらを、熱が抜けてしっかりと冷めてしまったお湯の中へ投入し、蓋を閉める。

知識で知っているだけの作業であったが、問題がなければ数日このままにしておけば蓮弥が必要としているものの元ができあがるのだ。

傍《かたわ》らでローナが興味深げに蓮弥が何をしているのかを見守っているが、蓮弥は彼女《かのじょ》に何をしているのかの説明はしていない。

説明をしても、理解させるのは難しいと思ったからだ。

「えーと、レンヤ?」

宿の主人にはあらかじめ、宿の厨房《ちゅうぼう》の邪魔《じゃま》にならない所に置かせてもらうようにお願いしてある。

数日そのままにしておいて欲《ほ》しいと伝える蓮弥に、宿の主人は腐《くさ》るだけなんじゃないかと言ったが、蓮弥は曖昧《あいまい》に笑うしかなかった。

この世界の住人に、腐敗《ふはい》と発酵《はっこう》の違いを説明するのはきっと難しいし、実の所は、腐敗も発酵も同じ現象を指しており、人に有益なものを発酵、そうでないものを腐敗と呼んでいるだけなので、蓮弥自身も何が違うといわれれば困ってしまう。

「おい、レンヤ……」

「聞こえてるよ。依頼を受けてきたのだろ?」

いつまでも相手をしてくれない蓮弥に気を悪くしたのか、低く抑《おさ》えた口調のシオンに、蓮弥はようやく言葉を返した。

別に返事がないからといって、聞いていないわけではないのだから、用件があるのであれば、しゃべり続ければいいのに、と思ってしまう。

「どんな依頼を受けてきたんだ?」

「南門を抜けて馬車で一日くらいの所に、新しいダンジョンが発見されたらしいんだ」

距離として、大体80kmほど離れた場所だ。

近いのか遠いのか、なんとも言えない蓮弥であったが、そんな所にあったダンジョンが何故《なぜ》、今の今まで発見されなかったのかと疑問に思う。

その問いをシオンにぶつけてみると。

ダンジョンと言うものには二つの種類があり、一つは廃鉱跡《はいこうあと》や、建築物として建造され廃棄《はいき》された後で取《と》り壊《こわ》されることも無く、何らかの理由で魔物《まもの》が住み着いたもの。

もう一つは生物型ダンジョンと言われており、どこかで発生したダンジョンコアと呼ばれる物体が周囲の環境を作り変え、魔物を造り、宝を溜《た》め込《こ》み、それを目当てにやってきた冒険者達を屠《ほふ》って魔力《まりょく》を吸収し、さらに成長するというものだそうだ。

ダンジョンコアの生成や、このコアがどうやって魔物を生み出しているのか等という点については、謎《なぞ》の部分が多く、研究もそれほど進んでいないらしい。

「今回見つかったのはこっちの生物型の方で、討伐依頼《とうばついらい》なんだ」

「新しいとは言え、ダンジョンをパーティ一つで攻略《こうりゃく》?」

「いや、いくつかのパーティでレイドを組む」

レイドと言うのは、いくつかのパーティで作る集団のことだ。

一つのパーティでは達成できないであろう依頼をギルドが出す時によく組まされるもの

だとシオンが言う。

まるでゲームだと蓮弥は思うが、現実は楽観視できるようなものではないらしい。

生物型のダンジョンは、放っておいても周囲から魔力を吸い上げ、勝手に成長していくもので、規模が大きくなればなるほど強力な魔物を数多く生み出すようになる。

そしていずれは生み出した魔物の氾濫《はんらん》が発生し、周囲の地域に甚大《じんだい》な被害《ひがい》をもたらすので、新しい生物型のダンジョンが発見された場合は、人数を集めて早急《さっきゅう》に攻略しダンジョンコアを破壊《はかい》することになっている。

「参加パーティ数は？」

「私達を交ぜて4だ。人数は全部で19人」

蓮弥達《たち》のパーティが3人なので残り16人。

一つのパーティ当たり5人前後という計算になるが、通常のパーティは4人から6人で組むものなので、人数としては平均的と言える。

ただ、それが戦力的にどうなのか、と考えれば例となるものがなく、判断がつかない点だったので、蓮弥は意見を求めるようにローナを見るが、ローナは首を左右に振った。

「新規ダンジョンは情報が少ないので、攻略人数が妥当《だとう》かどうかはよくわからないのが普通なのです」

「聞く限り、あんまり良い仕事だと思えないんだが？」

「発生して日が浅いなら、それほどの規模にはなっていないでしょうから、難易度としては低いのが普通ですし、手付かずなので素材や宝物なんかも、ある程度は期待できますので、稼《かせ》ぎは良いお仕事なんですけどねぇ」

「レンヤ、どうして私じゃなくてローナに意見を求める……？」

酷《ひど》く不満げなシオンに、まさかローナの方が間違《まちが》いなく経験も知識も豊富そうだからと馬鹿正直《ばかしょうじき》に答えるわけにもいかず、蓮弥は考える。

どういう経緯《けいい》でパーティを組むに至ったのかは分からないが、ローナはシオンの前ではどこかぽやっとした僧侶《そうりょ》見習いである姿勢を崩《くず》そうとはしない。

理由は分からないが、ローナがその姿勢を維持し続けようとする限り、蓮弥が下手な事を言って、暴露《ばくろ》してしまうわけにはいかない。

うーっと低く唸《うな》りながら、まっすぐに睨《にら》みつけてくるシオンへ、蓮弥はどうにかこうにか理由をひねり出して口にした。

「知識経験に関しては、シオンもローナもどっこいどっこいだろう？　だったら神様に仕えているローナの意見の方が、もしかしたら恩恵《おんけい》があるかもしれないじゃないか」

幼女から聞いている管理者の性格から考えれば、いちいち自分に仕えているとはいっても僧侶一人一人に恩恵をくれるほどマメな働きはしてないだろうと蓮弥は思っていたので望《のぞ》み薄《うす》ではあったのだが、無理にひねり出した理由としては、そこそこ妥当ではないかと蓮弥は自讃《じさん》する。

「む……、なんとなく、そう言われればそんな気もする」

「リーダーはシオンなんだろ？　最終決定は任せるし、それには間違いなく従うから心配するな」

「「え？」」

蓮弥がきっぱりと言い切ると、なんだかハモった声で疑問符《ぎもんふ》を返された。

なにかそんなに意外な事でも言っただろうかと二人を見れば、二人ともそろって頭の上に疑問符を乗せたような顔で蓮弥を見ている。

「なんか妙なことを言っただろうか？」

「私はレンヤがリーダーをするものだとばかり……」

「ええっと。私もそんな風に思ってました」

「なんでそうなる？」

とても嫌《いや》そうな顔をして、蓮弥が息を吐く。

なんとなくではあったが、そんな事を言われるような予感もあったので、返事も事前に用意してあった。

　リーダー等という自分以外の人間に対する責任が生じるような役割を、喜んで引き受けるような趣味《しゅみ》は蓮弥にはなかった。

「少なくとも、この世界に対して知識の少ない迷い人をリーダーに立てたら駄目《だめ》な事くらいわかるだろうに?」

　至極《しごく》当たり前のことを言ったつもりの蓮弥であったが、どうにも二人の理解は得られなかったらしい。

「やはり男性がリーダーと言うのが、対外的に問題が少ないと思うんですけどねぇ」

「同感だ。それにレンヤならば私より的確な判断をしてくれるだろう」

　その信用の根拠《こんきょ》はどこから来るんだ、とか、だったらなんでシオンが依頼を受けてきたんだ、とか言いたいことはあったが、受けてくれるよね、断ったりしないよね、という気配をひしひしと伝えてくる二人の視線の前では、それも霧散《むさん》してしまう。

　肩を落として息を吐き、しぶしぶといった感じで蓮弥は頷いた。

「分かった。……シオン、依頼を受ける時は一言相談してくれ。俺がリーダーをやるならば、だが」

「む、それもそうだな。勇み足だった、すまない」

素直《すなお》に頭を下げるシオンに、いいからと手を振《ふ》る蓮弥。

「それで、報酬《ほうしゅう》と拘束《こうそく》期間は？」

「1パーティにつき金貨6枚必要経費込み。拘束は移動で2日、ダンジョン探索《たんさく》で2日の計4日。討伐《とうばつ》依頼なので、内部の魔物をできるだけ討伐。ダンジョンコアを破壊できれば追加報酬で金貨10枚だそうだ」

「移動は馬車？　それとも徒歩？」

「馬車だ。ギルドが用意してくれる。出発は明日の朝だが、その前に一度参加パーティ同士の顔あわせがあるんだ。本日の夕方に、ギルド近くの「銀杯亭《ぎんぱいてい》」と言う酒場」

どうだ！と言わんばかりのシオンだが、蓮弥は内心頭を抱《かか》えていた。

顔合わせの時間まで間が無いのもさることながら、出発までの時間が非常に少なすぎる。

顔合わせに取られる時間を考えたら、準備に費やす時間がほとんどない。

依頼自体はそこそこ前からギルドに掲示《けいじ》されていたのだろう。

それを期限ぎりぎりにシオンが見つけて、駆け込みで依頼を受けてしまったという事らしいが、考えが甘《あま》すぎる。

傍らを見れば、ローナも同じ意見のようで、渋《しぶ》い顔をしていた。

「シオン……ちょっと次からは依頼を受けてしまう前に色々と考えような？」

「え？　え？」

二人が何故《なぜ》渋い顔をしているのか、シオンは理解できないらしい。

それでもどうやら自分が何かしら不味《まず》いことをしてしまったということは理解できるらしく、二人の顔を交互《こうご》に見ながら、とても慌《あわ》てた表情になる。

一度しっかりと怒《おこ》るか、とも思ったが、シオンの顔を見て止めておく。

こちらの世界の人間がどうなのかは、蓮弥は知らないが、大体は怒られるよりも褒《ほ》められた方が、後々色々と伸《の》びるものだ。

失敗を悟《さと》ったのであれば、責めるよりもフォローに回った方がいい。

決して、慌てるシオンに毒気を抜かれてしまったせいではないぞと自分に言い聞かせつつ、ローナを見れば、分かっていますよとばかりにぽんぽんと肩を叩《たた》かれた。

「受けてしまったものは仕方ないが……ローナ、取り急ぎ買い物に行ってくれるか？」

「ええ、仕方ないですねぇ。４日分の食料と水に、ロープと松明《たいまつ》、傷薬と包帯くらいでしょうかねぇ？」

「寝具《しんぐ》は？　君らの分はあっても、俺は持ってないんだが……」

「購入してきます。その他《ほか》、何か気がついたら購入してきますね」

「頼《たの》んだ。経費は後で人数割りにしよう。立《た》て替《か》えておいてくれるか」

蓮弥に一礼し、足早にローナは宿屋を出て行く。

それを見送ってから、シオンの方を見れば、ようやく事の次第《しだい》に気がついたシオンが申し訳無さそうに身を縮こませていた。

「準備……しなくちゃいけなかったな……」

「次、気をつければいい。それにしても、初めて依頼を受けたわけじゃあるまいし、その点に気がつかなかったのか？」

責めるような口調にならないように、注意深く蓮弥が尋《たず》ねると、シオンは顔を羞恥《しゅうち》に赤らめながら答えた。

「いつも気がつくとローナがやってくれていたから……」

最初に二人に出会った時に、シオンの方が保護者的立場なんじゃないかと思った蓮弥は自分の目の節穴具合に深々と溜息をついた。

「そうか……感謝しとけ。それはそれとして、俺達《おれたち》はその顔合わせとやらに参加しよう。全員いなくちゃいけないってこともないんだろ？」

「たぶん……」

自信なさげなシオン。

これはもう何かあったら自分が謝《あやま》る以外ないな、と蓮弥は覚悟《かくご》を決めた。

「とりあえずその銀杯亭とやらへ行こう。何か言われても話せばなんとかなるだろ」

すんなりと顔合わせだけで終わってくれればいいが、と蓮弥は胸中思っていたが、なんとなくではあったが、思うようには終わらないだろうなという予感めいたものも感じていた。

そして、その手の悪い予感と言うのは、大概《たいがい》外れることがないのがお約束というものだという事も重々承知している蓮弥なのだった。

銀杯亭と言うのは、酒場である。

冒険者ギルドの建物のすぐ近くにあるのだが、日中夜間を通じて、見た感じではあまり繁盛《はんじょう》しているとは言えない。

これには理由がある。

可愛《かわい》らしい店員がいないとか、主人が無口で愛想《あいそ》が悪いというのも理由の何割かを占《し》めてはいるのだが、これとは別にこの酒場が冒険者ギルドの直営店である、というのが一応、最大の理由だ。

冒険者ギルドの直営店であるから、ギルドのメンバーが使う。

冒険者といえば、ピンキリではあるが、一般的《いっぱんてき》にあまり品が良くない。

品が良くない客が集《つど》うから、一般的な客はよりつかない。

ギルドのメンバーとて、他にも店があるのだし、やはり若い男が多いので、可愛い店員だの、きれいなおねーさんだのがいる店に行くことが多い。

だから繁盛していないのだが、冒険者達《ぼうけんしゃたち》が集まって何かを相談したり、決めたりする場合は、大体この店を使う。

客があまりいないので、人に聞かれたくない話をし易《やす》いからなのだが、そう考えると繁盛しない店をギルドが手放さないのは分かるような気もする。

それでも、店一軒分のコストはかなりなもののようで、ギルド自体、可愛い店員やらそこそこ腕《うで》のいい料理人等を入れて、改善を図《はか》ったようなのだが、冒険者が集まると言う事実が致命的《ちめいてき》らしく客入りは改善しないし、入れられた店員もすぐに辞《や》めてしまうそうだ。

以上の情報はローナから蓮弥が聞いたものだった。

流石《さすが》に良く調べていると蓮弥は感心する。

両開きの扉《とびら》を押し開け、薄暗《うすぐら》い店内に入ると、カウンターの向こうからいかにも無口で愛想が悪そうな、ちょっと頭の髪《かみ》の毛《け》の薄い中年の男性が、何事かといわんばかりの視線を向けてくる。

客にその目つきはないだろうとは思うのだが、そこを指摘《してき》してやったとしても、どうせ改善されないのだからと考え直し、蓮弥も愛想無く問いかける。

「ギルドの依頼で来た。南のダンジョン攻略の顔合わせだ。いるか?」

話は通っているらしく、店の主人であろう中年男性は店の片隅《かたすみ》をアゴで指した。

見ればそこにはテーブルを複数占領《せんりょう》して、傍《はた》から見ると単純にだべっているような一団がいるのが見えたが、シオンはそれどころではなかった。

主人のアゴでしゃくって見せると言うその態度に、薄くではあるが蓮弥の額に青筋が立つのにシオンは気がついたからだ。

「レ、レンヤ。ここでの騒《さわ》ぎは……」

「分かってる。分かってるがそれとこれとは話が別だ」

シオンにとりなされて、蓮弥は示された店の隅《すみ》に向かおうとするが、店の主人の声に引き止められる。

「待ちな、にーちゃん」

「……なんだ?」

「場所代として、飲み物を注文するのが決まりだ」

「水」

「馬鹿《ばか》かてめぇ。酒場で注文って言ったら酒だろうが。それとも酒も飲めねぇような餓鬼《がき》がいっぱしに冒険者気取りかって……」

即答《そくとう》されて今度は店の主人の額に青筋が浮《う》かぶ。

女連れで店に入ってきた、大して年も食っていない餓鬼が、なんだか不機嫌《ふきげん》そうにこちらを睨《にら》み付《つ》けているばかりか、言うに事欠いて酒場で水を注文した。

ふざけているのか舐《な》めているのか、どちらにせよここは一つ流儀《りゅうぎ》というものを教育してやろうかと思った途端《とたん》。

店の主人は背筋と腸に、目一杯《めいっぱい》氷を詰め込まされたような悪寒《おかん》を覚えて口を噤《つぐ》んでしまった。

目の前の男が、ただこちらを見ている。

それは先ほどからなんら変わりなかったが、視線の質が変わっていた。

最初は人を見る目だった。

口を開いたら、なんだか嫌《きら》いな人物を見るような目だった。

そして今は。

人を見る目をしていなかった。

「あ、ああ……水でいいんだな……?」

「そう。水がいい。水をくれるか?」

声は穏《おだ》やかだが、感情が全く篭っていない。

氷と会話しているような錯覚に陥《おちい》りながら、主人はグラスに酒を割る為《ため》の水を注ぎ込むとそれを二つカウンターの上へ急いで置いた。

「シオンは、水でよかったのか？」

「え？　ああ、そうだな。お酒を飲むような雰囲気《ふんいき》の場所でも時間でもないしな」

「そうか、いくらだ？」

「へ？」

何を尋ねられたのか分からないような店の主人に、蓮弥は淡々《たんたん》と尋ねる。

「水の料金だよ。タダじゃあるまい？」

「あ、ああ。銅貨1枚ずつだ」


言われた金額をカウンターの上へ転がし、グラスを二つ持つと片方をシオンへ渡して蓮弥は店の主人に背中を向けた。

それだけの行為が、店の主人には魔境《まきょう》から人の世界に戻ってこれたような安心感を与《あた》え、知らず深く息をついている。

二人が、自分が指し示した集団の場所へ歩いて行くのを見ながら、主人は蓮弥の顔をしっかりと記憶《きおく》しておくように心に刻んだ。

あいつは絶対にヤバい、と。

そんな主人の心の事など、察することもしないというよりも、主人の存在自体をあっさりと忘れたような蓮弥だったが、その顔は晴れない。

それは、向かう集団のメンバーのかなりの数が、ニヤニヤと笑いながら自分達《たち》を見ているからだ。

どうにも品定めされているようで、落ち着かないと言うか、不快感を感じるというか、もう帰りたい気持ちで一杯《いっぱい》の蓮弥であったが、ここで帰ってしまえば依頼を遂行《すいこう》するしないの前に依頼失敗とみなされる可能性もあるので、我慢《がまん》して一つのテーブルに座《すわ》る。

テーブルは一つのパーティが一つ占拠《せんきょ》する形らしく、シオンは蓮弥のすぐ隣《となり》の席に座った。

「どうやら全員集まったようだな」

口を開いたのは見た感じ30代半ばくらいの男だった。

革と板金で補強された鎧《よろい》の隙間《すきま》からのぞく体は、かなり引き締まっており、短く刈り込んだ金髪《きんぱつ》に鋭《するど》く青い瞳《ひとみ》は油断無く周囲を見回している。

腰《こし》から下げているのは造りの良さそうな長剣《ちょうけん》が二本。

どちらもかなり使い込まれている様子が見て取れた。

「パーティ〈紅蓮《ぐれん》の担《にな》い手《て》〉のリーダー。ハルツ＝ライセンだな。冒険者ランクBの腕利《うでき》きで確か二刀流の使い手だ」

こそっとシオンが耳打ちで教えてくれる。

このためにわざわざ蓮弥の隣に座ったらしい。

何故かシオンは、冒険者の情報についてはかなり詳《くわ》しかった。

その理由を蓮弥がシオンに聞いてみると、必要に迫《せま》られてというよりは強い冒険者＝憧《あこが》れの存在のような図式でもって色々と調べているうちに詳しくなったと答えた。

アイドルのおっかけのようなものなのだろうな、と蓮弥は思っている。

ハルツが座っているテーブルについているのは男性３人に女性２人。

シオンがぼそぼそと、男が全員戦士で、女性が魔術師《まじゅつし》と盗賊《とうぞく》だと囁《ささや》く。

ランクはハルツ以外が全員Cランク。

「全員って、それでかよ？」

だらしなくテーブルの上に両足を投げ出して、椅子《いす》の背もたれにもたれかかっている茶《ちゃ》髪《ぱつ》の若い男が声を上げる。

「パーティ〈鋭牙〉のリーダー。ゼスト＝ファタリティ。レイピアの使い手で、冒険者ランクはCだが……素行が悪いせいで、実力はBランクらしい」

こちらのパーティはゼスト以外が全員女性で総勢6人。

ゼストが戦士で、残りは盗賊2人、僧侶2人、魔術師1人。

魔術師がランクBで、僧侶と盗賊はランクD。

なんで魔術師がリーダーをやらないんだと尋ねると、ぼそっと女性だから、と答えが返ってきた。

小さな声で話している為、かなり身体を寄せてくるシオンの説明を聞きながら、よくもそこまで調べたものだと呆《あき》れるやら感心するやらの蓮弥だ。

「それ、とは誰《だれ》を指している？」

ぼそぼそとした声は、灰色のローブに曲がりくねった杖《つえ》を携えた赤い髪を逆立てたやせた男だった。

「あれは……〈探求者〉のリーダーのアズ＝ハウンド。魔術師なのに珍《めずら》しくリーダーをしてるので有名。ランクはD」

パーティ構成は、がちがちの板金鎧の男性が4人。

魔術師であるアズが魔術を行使する時間をその4人で稼いで、魔術師の火力での力押しが得意な戦法だとシオンは言う。

盾《たて》役の男性達は、本当に盾に専念するので、ランクは高くなくF。

そこまで調べてるシオンは偉《えら》いが、そこまで情報がバレてる冒険者達大丈夫《ぼうけんしゃたちだいじょうぶ》なのかといらぬ心配までし始めた蓮弥に、怒鳴《どな》り声《ごえ》がかけられる。

「おい、てめーの話してんだよ」

「……？」

どうも、言葉の先にいるのは自分らしいことを悟った蓮弥が首をかしげて声の主を見る。声の主は、ゼストだ。

相変わらずふんぞり返った姿勢のままで、両脇《りょうわき》にパーティメンバーの女性を侍《はべ》らせるような格好のまま、蓮弥に険しい視線を向けている。

「二人しかいねーじゃねぇか。それで潜《もぐ》るつもりかよ？」

「いや、僧侶が一人いる。準備に走ってもらっているので欠席だ。気を悪くしたのなら申し訳ない」

やっぱり絡《から》まれるか、という思いがあった。

想定内のことではあるが、実際絡まれると面倒《めんどう》だなぁという思いが強いが、それを顔に出してしまえば、さらに相手は絡んでくることだろう。

人数が少ないは確かなことなので、ここは先んじて謝るべきだと、蓮弥は椅子から立ち上がると、ゼストに向けて頭を下げる。

「けっ。遊びじゃねーんだぞ。ま、お前らが死んでも報酬は生き残りで山分けになるだけだから、俺《おれ》らはいいけどな」

「よせゼスト。同じ依頼を受けたもの同士が、仕事前に争《あらそ》っても益はない」

ハルツがゼストをたしなめるように制すると、ゼストは蓮弥にむけていた視線をさらに凶悪《きょうあく》にしてハルツをにらみつけた。

「俺のやる事に文句があるってのか？」

「そうは言っていない。だが、言い争っても意味はないだろう？」

「こちらの事で騒がせてすまない。だが、仕事はちゃんとやる。そこは信じてもらってもいい」

「言うことは立派だがよ。俺らはてめーを知らねぇ。てめー誰だよ？」

名乗ろうとして、そういえばパーティ名なんて決めてなかったよなと気づく。

「パーティ名は設定していない。つい最近冒険者になった、レンヤ＝クヌギだ」

「はぁ⁉」

ゼストが大声を上げた。

あからさまに馬鹿にしたような声に、何かおかしなことを言っただろうかと思う蓮弥だが特に妙な事は思いつかなかった。

「何か問題でも？」

「無名でつい最近冒険者になっただと⁉　てことは、てめぇランクＦだろうが？」

「その通りだが、何か？」

「馬鹿にしてんのか？　それとも寄生しようってか？　ランクＦのパーティでしかも３人しかいねぇてめーらに何ができるって言うんだ⁉」

御高説《ごこうせつ》ご尤《もつと》も、としか思えず、蓮弥は苦笑《くしよう》した。

それがゼストの神経を逆撫《さかな》でしたらしく、視線がほとんど殺気に近い怒気《どき》を帯びる。

「ラ、ランク制限の無い依頼だったはずだ。人数制限も設定されていなかったし、依頼を引き受けることに問題は……」

「うるせぇ、すっこんでろ！」

さすがに我慢できずに声を上げたシオン。

そのシオンに怒声《どせい》を浴びせたゼストは、手に持っていた酒の入ったグラスをシオンに向けて投げつけてきた。

当たれば怪我《けが》を負うことは間違いの無い勢いで飛んで来るグラスに、シオンは思わず身構えたが、途中《とちゆう》に居た蓮弥が飛んで来るグラスをそっと受け止めてテーブルの上へ置く。

その動作には淀《よど》みがなく、グラスの中身は飛んで来る途中で半分ほど飛び散ってしまっていたが、蓮弥が音も無くグラスをテーブルの上へと置いた時には、残りの半分はこぼされることも無く、グラスの中に残っている。

「ヤロウ……！」

それがまたゼストの癇《かん》に障《さわ》ったらしい。

目で合図された盗賊の娘《むすめ》が、警告も無しに蓮弥に目掛《めが》けてナイフを投げつけた。

その数は４本。

ちょっと痛い目を見せてやろうと言うにはやりすぎではないかと蓮弥は思ったのだが騒ぎの原因が自分達である以上は、ある程度は仕方が無い。

そっと溜息《ためいき》をつきつつ、飛んで来るナイフを両手で２本ずつ。

自分の方に向いている刃《は》をつまむようにして止めると、テーブルの上へ置いたグラスを囲むようにしてその４本を突き立てる。

ナイフの投擲《とうてき》にはそこそこの自信でもあったのか、ナイフを投げた娘の顔が信じられないものを見た驚《おどろ》きに彩《いろど》られるのを見つつ、蓮弥は何事もなかったように言った。

「顔合わせだけ、と聞いたが。どうにもそんな雰囲気ともいえないなこれは」

「誰が原因だと思ってやがんだ」

目の前で見せられた光景が、蓮弥の技術の高さを物語っている。

それでも納得《なっとく》のいかないゼストの声に、蓮弥は頷《うなず》いた。

「俺達のせいだな。だから俺達は退室する。仕事はするが……協力はいらん」

「レンヤさん⁉」

抗議《こうぎ》しようとしかけたシオンを制して、蓮弥は言った。

「こちらはこちらで動く。そちらはそちらで動いてくれ。それが一番いいだろう？」

「かもしれんな」

蓮弥の言葉に、賛成したのはハルツだった。

「我々も単独で行動することにする。こうもガチャガチャと煩《うるさ》くては仕事に専念できん」

「ならば顔合わせはこれで終了《しゅうりょう》でいいな？」

「ああ、後は現地成り行きで、ってことだ」

確認《かくにん》するように蓮弥が問いかけると、ハルツはにやりと笑って頷いた。

「私達も、協力は要《い》らない……むしろ邪魔だ」

ぼそっとアズが言うと、ハルツがぽんと手を叩《たた》き合《あ》わせた。

「４パーティ中３パーティの意見だ。決まりだな」

「勝手にしやがれ。俺らだっててめーらみてぇな足手まといなんざ必要ねぇ！」

「ならばこれで」

小さく会釈《えしゃく》をし、物言いたげなシオンの背中を押《お》して、蓮弥はその場を離《はな》れようとする。

その背後から、ゼストが憎憎《にくにく》しげに声をかけた。

「おい、ルーキー。せいぜい背中に気をつけな！」

「お互《たが》いに、な」

振り返りもせずに、蓮弥が答えると、背後に感じている怒気がさらに膨《ふく》れあがった。

その後に、物が落ちたり倒《たお》れたりするような音がしていたが、蓮弥は関せずにさっさと店内から外に出る。

どうせ、キレかかったゼストを周りが止めたりとか、物に八つ当たりをして壊したり落としたりしているのだろうことは、見なくてもなんとなく分かる。

「レンヤ……私が……」

「はいそこまで。打ち合わせが決裂《けつれつ》したのは、主に俺のせいだし」

宿へ帰ろうとする蓮弥の背後で、シオンが何かぼそぼそと言い出すのを聞いた蓮弥はそう言ってシオンの言葉を止めた。

驚いた表情になるが、それでも言葉を続けようとするので、蓮弥はシオンの方を向くとその額をわしづかみにして、軽いアイアンクローを食らわせる。

「あ、イタッ……いだだだ……レンヤ!?　きしむっ！　陥没《かんぼつ》する!?」

「気にするな、と言ったら気にするな。ローナに何か言われたら、俺がぶち切れてご破算にしたと言えばいい。分かったか？　分かったら返事しろ。返事がない場合は分かっていないものとして続行する」

「続行⁉　って、し、しかしだな。彼《かれ》らに舐《な》められたのは、そもそも私が……がががががが⁉」

「返事がないなー……続行だな。時に、シオンは俺が片手で、ゴブリンの頭握《にぎ》りつぶせるって言ったら信じる？」

「そんな馬鹿な事ができるわけがっ……ってできるのか⁉」

「あの開拓《かいたく》村で死体処理してる時に試《ため》してみたんだけどな。意外といけるもんだ」

「わ、わかりましたっ！　わかったから離してーっ⁉」

手を離せば、シオンは両手で頭を抱えつつ涙目《なみだめ》になって蓮弥を見ている。

その目が、まだ何か言いたそうなのを見ると、蓮弥は口《くち》の端《はし》だけで笑《え》みを浮かべ、指をワキワキと動かしつつ見せ付けてやることでシオンの反論を封《ふう》じた。

「ま、最初から面倒なことになるとは思ってたしな」

やっぱり予感は外れなかったかと、また掴《つか》まれてはたまらないとばかりに逃《に》げていくシオンの背中を見ながらぼやくのだった。

「わざとやりましたね」

がたごとと揺《ゆ》れる馬車の上、ローナがジト目で蓮弥を見ながら断定した。

なんのことやらと蓮弥はローナを見返す。

腕と足を組み、じっと自分の方を見つめているローナは、いつものぱっつんぱっつんの僧服《そうふく》ではなく、きちんと身体に合ったサイズの僧服に、胸当てと手甲《てっこう》をつけた格好で、腰から片手用のメイスを提《さ》げている。

ふわふわの髪もきゅっとまとめた感じで、大き目の瞳はそのままだったが、どことなく出会った時の頼《たよ》りなさが薄れ、戦う人と言った気配を纏《まと》っているように見える。

「化けたねぇ……」

しみじみと蓮弥が言うが、何のことかローナには通じなかったらしい。

「それはいいんだけど、何がわざとだって?」

街を出てから、かなりの時間がたごとと馬車に揺られている。

一言で馬車と言ってしまっても、普通《ふつう》に客を乗せて走っているようなものではなく、荷車に馬が一頭接続されているだけの実に質素なものだ。

御者席《ぎょしゃ》の他は荷台に備え付けられた椅子があるだけで、もちろん屋根などない。座る椅子に、クッション等が敷《し》いてあるはずもないので、剥《む》き出《だ》しの木の板の上に腰を下ろしているのだが、これが尻《しり》と腰に非常に負担がかかる。

冒険者ギルドは、顔合わせの時の話を、参加パーティの誰かから聞いていたのか、馬車は参加パーティ分の4台用意されていた為、別のパーティと同席する羽目にはならずに済んでいた。

ただ、御者までは貸してはくれなかったので、各パーティとも、自分達のメンバーの中から、御者を出して馬車を走らせている。

蓮弥のパーティでは馬に乗れるのはシオンしかいなかった。

蓮弥は馬に乗った経験等なかったし、ローナはいつもシオンの後ろに乗せてもらっていたそうで、自分で馬を操《あやつ》ったことがなかったそうだ。

自然、シオンが御者台《ぎょしゃだい》に座り、荷台の上で蓮弥とローナは向かい合うような形で座っている。

「顔合わせをこじらせた、のがですよ」

ローナは顔合わせ自体に参加していなかったので、何が起きたのかをしらないままに今回の依頼《いらい》に参加することになったのだが、集合場所で自分達に向けられた、他のパーティからの視線に、一体何があったのかを大体理解した。

最初はシオンが相手の挑発《ちょうはつ》に乗ったのではないかと思っていたらしいが、それは蓮弥がすぐに否定し、自分がやったと告げた為に、冒頭《ぼうとう》の台詞《せりふ》をローナが言う事となった。

「別にわざとやったわけでは……」

「……穏便《おんびん》に済まそうと思ったら、出来ましたよね……？」

否定はできなかった。

蓮弥が頷くのを見てから、ローナは続ける。

「どうせ、雰囲気悪いまま協力しあうくらいなら、決定的に決別した上で単独行動の方が気楽、だとか考えましたよねぇ？」

「真偽《しんぎ》はともかくとして……ここで話す話題かよ？」

「問題ですか？　他のパーティには聞こえませんよ？」

道が悪いせいで、がたごと揺れる馬車は、向かい合っていればなんとか会話が成立するが、少し離れている所まで声が届くような状態ではない。

馬車は蓮弥達を最後尾《さいこうび》にして、４台が縦一列に並んで走っている為、よっぽど耳が良くてもローナと蓮弥の会話が漏《も》れる心配はなかった。

なかったが、蓮弥は御者台を視線で指し示す。

シオンに聞かれるだろうと言う蓮弥に、ローナは首を左右に振った。

「馬の制御《せいぎょ》でこちらに注意を向けてないですから、聞いてません」

「んな馬鹿な」

「事実です。それでどうなんですか？」

はぐらかすことも一瞬《いっしゅん》頭をよぎった。

ローナは聞いていない、と言うが、御者台までは荷台一つ分の距離《きょり》しかなく、本当に聞こえていないかという点には疑問が残る。

だが、別に聞かれていたとしても、困ることでもないので、蓮弥は素直に答えた。

「言う通りだ。相手の顔見て、ランク聞いた時にそうしようと思った」

「理由を聞いても？」

「ああ、みんなこちらより高いランクだし、人数が多い。間違いなく俺達を下に見るだろうことはすぐ分かったよ。あんなツラだしな」

そう言った蓮弥の頭には、主にゼストの顔が浮かんでいる。

冒険者のランクというのは、実力もさることながら、ギルドへの貢献《こうけん》等も考慮《こうりょ》に入れられて決められるものだ。

だから、ランクが高いから偉い、というものではない。

だが、ゼストは蓮弥達《たち》のランクを聞くなりかみついてきた。

「気に入らない相手と組むよりは、単独の方が気楽で確実だ。それにどうせあの人数でみんな一緒《いっしょ》にダンジョン探索としゃれ込むわけでもないだろう?」

「……ええ、そうですねぇ。普通は二手に分かれるとか、一つのパーティは地上に残るとかするのが普通ですねぇ」

19人もの人間が、さして広くない通路しかないダンジョンに、一斉《いっせい》に入って一斉に探索をすると言うのは非常に効率が悪い。

一般的にローナが言ったように役割分担を決めて探索を行うのが普通だった。

この場合、地上に残されるパーティは貧乏《びんぼう》くじとなるわけだが、潜ったパーティが戻《もど》ってこない場合は、街に救援《きゅうえん》を呼びに行く役割なので、命綱《いのちづな》的立場として、参加人数が多い場合は必ず取られる方法だ。

「だったら別に四つ手に分かれて探索してもいいわけだ」

「個人的にはお薦《すす》めできないです、それ」

言う事自体は、それほどおかしいことではないが、蓮弥が言っているのは命綱無しで危険地帯に潜ろうと言っているのだ。

安全第一を主としたいローナとしては賛同しかねる意見だろう。

「信頼《しんらい》できない相手は、下手に協力した方が危険だと思うんだがなぁ？」

「なるほど、その御意見《ごいけん》には賛成しますねぇ」

「とにかく、俺達は無理せず規定の日数を、そこそこ働いてお茶を濁《にご》そうという作戦で行きたいと思うわけだよ」

「素晴《すば》らしい作戦です、リーダー。全面的に賛成しましょう」

安全第一を主としているローナからして、蓮弥の方針は諸手《もろて》を上げて賛成するべきものだったのだろう。

どこまで行っても、シオンの為なのだな、と蓮弥は苦笑した。

「それで、このままダンジョンの入り口まで揺られて、到着《とうちゃく》したらすぐ攻略《こうりゃく》？」

「まさか、一日かかる行程ですよ？　本日は入り口の近くに野営を張って、攻略は明日からになります」

「今日は野営か……食事に期待ができないな」

憂鬱《ゆううつ》そうに蓮弥が呟《つぶや》けば、ローナが笑った。

その笑い声が聞こえたのか、御者台からシオンが不満げな声をあげる。

「なんだか……二人が楽しそうに話しているのが、気になる」

「大したことを話しているわけじゃない。それより御者に集中してくれ」

「たまには交代して欲《ほ》しい……」

話し相手のいない状況《じょうきょう》で、大事なことであるとはいえ、手綱《たづな》を握り締めて馬が真《ま》っ直《す》ぐ歩いてくれるように、ひたすら制御し続けるというのは、大変なことなのだろうという事は、馬を扱《あつか》えない蓮弥にも容易に想像がついた。

「馬の扱いができれば、いつでも交代してやるんだがなぁ」

「だったら、私が手取り足取り腰取り教えるから、蓮弥一度ヤってみないか？」

ニタニタと肩越《かたご》しに笑ってみせるシオンに、たまらず蓮弥が怒鳴った。

「腰は関係ないよな⁉　つーか、その手の言い回しをお前はどこから教わってきているのか、一度しっかり教えてもらえるかな？　あとその笑い方やめろ」

「レンヤさん、シオンはおそらく暇《ひま》なんです……」

そっと目を伏《ふ》せて、どうやらシオンの台詞は聞こえなかったふりをするらしいローナ。いまだにシオンがどこの誰なのかについては、ローナも蓮弥に教えてはくれていなかったが、ローナの言う通りの高貴な血筋の出だとするならば、シオンは一応はお姫様《ひめさま》と呼ばれる人種に分類されるはずだ。

それがニタニタと軽いシモネタをかますという現実は、それに仕えるローナとしては直視に耐《た》えない現実であるらしい。

「あれ以上エスカレートしない内に、お相手をお願いできますでしょうか……」

誰かがかまってあげないと、さらにとんでもないことを口にするかもしれないと匂《にお》わすローナ。

蓮弥としては、シモネタ自体は別に言うのも聞くのも気にならなかったが、ローナにとってはそうではないのだろうと、腰を上げる。

「了解《りょうかい》、苦労してるねぇ」

そっと目頭《めがしら》を押さえるローナを見つつ、蓮弥は揺れる荷台の上を危なげなく移動すると、御者台へ座り、シオンから手綱を受け取った。

それからシオンに手を取ってもらったりして、馬の扱いを学ぶこと、しばし。

流石《さすが》に腰《こし》を取られることはなかったが、手取り足取り馬の扱いの手ほどきをシオンから受けた蓮弥は、どうにかこうにか、馬車を真っ直ぐ走らせることくらいはできるようになった。

ついでにとばかりに、ローナも蓮弥と交代させられ、隣に座ったシオンに手取り足取り、そしてこちらはしっかりと腰にまで手が伸びていたのを蓮弥は見逃《みのが》さなかったが、きゃあきゃあ騒ぎながらじゃれあう二人の姿に、前を行く馬車からはかなり険悪な視線が突き刺さってきていた。

たぶん、うるさいとか、緊張感《きんちょう》が足りないとか、魔物《まもの》を呼び寄せたらどうするつもりなんだとか色々考えているのが、蓮弥には手に取るように分かったが、蓮弥は騒ぐ二人を注意する気は毛頭無く、御者台の上でくんずほぐれつし始めた二人を、ぼんやりとだが、しっかりと眺《なが》めている。

蓮弥は思う。

そもそも、美少女二人が他愛《たあい》なく、じゃれあっている光景と言うものは、それを目にしただけで癒《いや》される、いわば眼福と呼ぶべきものである、と。

それを、少々のトラブルを呼び込むかもしれないからといって、責める視線で見るのは大きな間違《まちが》いだと蓮弥は考えている。

これが、どこか薄暗い森の中を走っているのであれば、確かに問題視されても仕方ないのかもしれないが、今走っているのは普通の街道《かいどう》で、そこそこの安全が保たれている場所だ。

しかも、一応は冒険者が19人もいて、少女二人が騒いだ程度で、目くじら立てて怒《おこ》るというのは、あまりにも度量がなさ過ぎるのではないだろうか。

蓮弥は顔合わせの時に見た、各パーティの顔ぶれを思い出す。

ゼストのパーティは女性ばかりだった。

そっちも大騒《おおさわ》ぎしていてもおかしくないよな、と思ったのだが、4台の馬車の先頭を進むゼストの馬車は見た限りでは妙《みょう》に静かに進んでいる。

ゼスト自身は、小柄《こがら》な銀髪《ぎんぱつ》の少女を腕の中に抱《かか》え、やっぱりふんぞり返った姿勢で座っているが、他《ほか》のパーティメンバーがちらちらと視線を交《か》わしたり逸《そ》らしたりしているのに蓮弥は気がついた。

どうも、腕の中の少女がゼストのお気に入りのようで、他のメンバーは互いに牽制《けんせい》しあったりして、動けない状態らしい。

ゼストに抱えられている少女は、昨日蓮弥にナイフを投げつけたのとは別の娘だ。

杖を持ち、少々デザインをいじくったローブを着ていることから魔術師であることが見てとれる。

一見、男性ならば誰もがうらやむハーレムパーティに見えなくもないが、あれだけ水面下で動いていれば、パーティの雰囲気が良さそうとはお世辞にも思えない。

だが、それにゼストが気がついてる様子はない。

大物なのか、馬鹿なのか。

ちょっと考えてから、たぶん後者だろうと蓮弥は判断する。

続いて、ハルツの馬車だが、こちらは雰囲気はなんだかお葬式《そうしき》のように、だんまりとしていて、暗い感じだった。

全員が、装備の点検や、確認に注力しており、たまに交わされているらしい会話もほとんど必要最低限のもので、会話が続くような気配が無い。

一応、女性メンバーも交じっていると言うのに、華《はな》やかさというか若さのようなものがカケラも見受けられないのだ。

代わりに、かなりの実力者なのだろうことをうかがわせる落ち着きのようなものが感じられるが、なんだか息苦しいように見えて、蓮弥は観察するのを止めた。

ちなみに、3番目を走っているアズのパーティは最初から蓮弥の観察対象外となっていた。

理由はとても簡単。

乗っているのが鎧《よろい》4セットと、陰気《いんき》な魔術師だけだからだ。

ただ、ちらっと見た限りは意外なことに、鎧4セットとアズの間にはそこそこ会話が成立しているらしい。

やはり盾役と守られる側には、それなりに信頼関係と言うか、仲が良くなるような条件がそろいやすいのかもしれない。

そんなことを考えながら、蓮弥が揺れる荷馬車の振動《しんどう》と、ひたすら腰と尻をいじめぬく木の硬《かた》さに辟易《へきえき》している間に、一行の馬車は目的地に到着したのであった。

第三章　ダンジョン入口らしい

　ダンジョンの入口、という言葉を聞いて、蓮弥《れんや》が連想するものは、まずは門のようなものがあり、大袈裟《おおげさ》な扉《とびら》があって、いかにも入口でございと言わんばかりの建築物であった。

　シオン達に聞いてみれば、そういうダンジョンの入口もあることにはあるらしいが、そういったきちんとした入口のあるものは建築物型のダンジョンであり、数はかなり少ない部類に入るらしい。

　では自然発生型のダンジョンの入口とはどのようなものであるのか。

　その答えが蓮弥の目の前にあった。

「……これ？」

　指差して問いかければ、うんうんと頷いてみせるシオン達。

　そこは、周囲よりも少し小高くなっている丘《おか》の上だった。

　その丘の頂上に、なんの変哲《へんてつ》もない、大人一人がどうにか潜れるくらいのたて穴がぽっかりと口を開けている。

本当にただの穴だった。

扉もなにもない。

場所は、街道からすこし外れた草原の真《ま》っ只中《ただなか》。

ちらほらと木立が生えているのが目に見えるくらいで、他にはなにもない。

もっと仰々《ぎょうぎょう》しいものを想像していた蓮弥は拍子抜《ひょうしぬ》けしたように、ぽかんとその何もない穴を眺めている。

一応、ただの穴とダンジョンの入口を区別するかのように、穴には下に降りる為の階段があった。

「自然発生型のダンジョン……?」

「そうだな」

「なんで階段が?」

「階段がなかったら、下に降りられないじゃないか」

何を当然の事を聞いているのだろうと言いたげなシオンの様子ではあったが、何か釈然《しゃくぜん》としないものを感じながら蓮弥は首を捻《ひね》る。

これではいかにも、降りてくださいと用意周到《よういしゅうとう》に誘《さそ》われているようではないか。

その疑問に、ローナが答えた。

「自然発生型のダンジョンは自らが成長するために、生物に訪問してもらい、生物が発散している魔力《まりょく》や生命力、時には死体そのものを吸収する必要があるんです。だからこそその身のうちに希少な金属なんかを溜《た》め込《こ》んで、宝物として配置していると言われています」

「多少のエサで人を釣《つ》ってる、と理解すればいい？」

「大体間違っていませんねぇ」

「魔物を生み出せるのに、外部からの資源が必要なのか」

「一説では、生み出されてからしばらく経《た》った魔物であれば、ダンジョンの資源として利用できるらしいですが……その辺りは調べる人が少ないのでなんとも」

「なんで？」

「若いダンジョンはさっさと攻略されてコアを破壊《はかい》されて消滅《しょうめつ》するし、年月を経《へ》たダンジョンは、そんなことを調べている余裕《よゆう》など無いくらい危険だからだな」

シオンが説明する。

ダンジョンコアを破壊されると、ダンジョンはゆっくりと消滅する。

破壊されたコアは良質の魔石として利用できるので、高額で取引される。

それ故《ゆえ》に、発生したばかりのダンジョンは、魔物の数も少なく、階層も浅いので、金目当ての冒険者《ぼうけんしゃ》にさっさと消滅させられてしまう。

冒険者の目をすり抜《ぬ》けたり、運良く冒険者の攻略を切り抜けたダンジョンは、年月が経つにつれて、階層も深くなり、呼び出される魔物も上位のものとなり、非常に危険な存在へと変貌《へんぼう》する。

冒険者達《たち》からすれば、金になれば理屈《りくつ》などどうでもいいことであるし、研究者からすれば、研究する対象がすぐに無くなったり、非常に危険であったりと、とにかく研究対象とすることが難しい。

それが自然発生型のダンジョンと言うものだとシオンは言った。

「つまり、謎《なぞ》ってことだな？」

「まぁ……そうだな」

謎、という言葉は非常に便利なのだなぁとしみじみ蓮弥は思った。

「それにしても、このダンジョンは運がないな」

周囲をぐるりと見回しながらシオンが言う。

高さはたいしてないものの、周囲が完全に平原なので、少し高いだけの丘の上から眺めても、大分遠くまで見渡《みわた》すことが出来る。

「こんな所に発生してしまっては、見つけてくださいと言っているようなものだ」

「もしかして、この丘自体ダンジョンが作った？」

「うん、たぶんそうだ。入口と階段の分、隆起《りゅうき》したんだと思う」

シオンの言う通りなのだとすれば、随分《ずいぶん》と間抜《まぬ》けな話だと蓮弥は思う。

周囲に視界をさえぎるものが無いので、地形に変化があればすぐにそれと分かる。

場所もそうだが、位置的に街道から外れているとは言っても、距離的《きょりてき》には数百m位しか離れていない。

これが森の中や、起伏《きふく》のある地形であればごまかしも効いたのだろうが、この状態ではそれも無理な話だ。

生まれてすぐに、金の為《ため》に破壊されてしまうダンジョンは、厳密には生き物ではないのだが、どことなく哀《あわ》れみを誘ってしまう。

「不幸な話は、いくつでもその辺に転がっているものだから、このダンジョンもそういった話の一つだとして」

丘の上から麓《ふもと》を見つつ、蓮弥が言う。

「あんな近くに野営していいもんなのか?」

丘自体に高さが無いので、自然と麓もすぐそこだ。

ダンジョンの入口から10mも離れていないような場所で、他のパーティは馬車を停《と》めて、野営の準備を始めている。

蓮弥達が乗ってきた馬車も、その近くに杭《くい》を打ってつないであった。

「こんな見晴らしのいい場所では、魔物も出てこないし、獣《けもの》も寄り付きにくいから大丈夫《だいじょうぶ》だと思う」

「ダンジョンから出てくる可能性は？」

「無いな。基本的にダンジョンで生まれた魔物はダンジョンから出ない。ある程度の規模に育ったダンジョンなら〈決壊《けっかい》〉と言う現象を起こして魔物を吐《は》き出《だ》すことがあるんだけど、それは十年単位で年月を経たダンジョンだけだ」

「それより、私達も野営の準備をしませんか？」

時刻は夕方を過ぎ去り、夜のかかりに入った辺りで、少しずつ暗くなってきている。

太陽の光があるうちに、準備は終えてしまった方がいいだろうと、ローナに促《うなが》されて丘を降りる。

繋《つな》いであった馬車の傍《かたわ》らまで来ると、蓮弥は自分のインベントリからローナが用意した荷物を取り出していく。

インベントリと言うか、この虚空庫《こくうこ》という技能はかなり助かるな、と蓮弥は思う。

これのおかげで荷台にがちゃがちゃと荷物を載《の》せる必要がなかった。

他のパーティは結構な量の荷物を足元に置いたりしていた為に、狭《せま》い荷台に御者以外のメンバーを乗せることになっていたが、蓮弥のパーティは荷台を広く使うことができたので、道中、適当に寝《ね》ることまでできた。

もっとも、振動のおかげでろくに寝付《ねつ》けなかったが。

最初に取り出したのは木槌《きづち》と、先を三角に尖《とが》らせた幅《はば》が30cmくらいで、1mちょっとの長さの板を十数枚とスコップが一つ。

他のパーティから見て馬車の陰《かげ》になる所に穴を掘《ほ》り、その周囲に衝立《ついたて》のように板を打ち込んで囲んでしまえば簡易トイレのできあがりである。

そこから離れた所に、今度は浅い穴を掘る。

周囲を石で囲んでやれば、カマドのできあがりだ。

Yの字の金具を立てて、その間に棒を通してやれば、鍋《なべ》を吊《つ》るして料理ができる。

石は出発する前に蓮弥が街の周囲で拾ってきた。

石は、単体でインベントリに収納するとマスを一つ消費するが、袋《ふくろ》に詰《つ》めて「石の入った袋」にしてやれば、いくつ詰め込んでも一マスで済む。

重量が無視できると言う仕様が、いかにチートな設定か分かるというものだ。

それが終われば今度はテントの敷設《ふせつ》だ。

支柱を立てて、布をかぶせて、紐《ひも》を張って杭を打つ。

作り方さえちゃんと把握《はあく》していれば、難しい作業ではない。

蓮弥はさしたる時間もかけずに、テントの敷設を終えた。

その数は一つだけ。

自分で作ったテントの出来映《できば》えを眺め、蓮弥は口を開く。

「なぁ、やっぱりもう一つ建てた方が……」

「無駄《むだ》だろう?」

シオンからの返答は即答《そくとう》だった。

野営中はパーティの中の誰《だれ》か一人が見張りにつく。

ここでテントを男性用と女性用で二つ建てた場合、必ず一つのテントは使われない時間帯というものが発生する。

それが無駄だとシオンは切って捨てたのだ。

男と女が同じテントの中で云々《うんぬん》と言う蓮弥の抗議は、どうせ寝袋《ねぶくろ》の中で寝るのだから問題ないし、ローナが気にするなら自分が寝るから、とシオンに言い切られてあえなく撃沈《げきちん》している。

「何か問題が?」

食い下がりたい気持ちで一杯《いっぱい》の蓮弥ではあったが、有効な言い分が見つからず、助けを求めるようにローナを見るが、こちらは処置無しと言った様子で肩《かた》をすくめるだけであった。

「仲間じゃないか私達。それともレンヤは私やローナの隣《となり》で寝るのが苦痛なのか？」

「ある意味苦痛と言えばそうとも言えなくもないんだが」

その苦痛は理解されないだろうな、と諦《あきら》めつつ蓮弥はインベントリから液体の入った陶《とう》製《せい》の容器と鍋を取り出す。

液体は宿の主人に分けてもらったものだ。

何種類かの野菜と、動物の骨をコトコトと、時間をかけて煮出《にだ》したスープであり、蓮弥の舌には、元の世界のコンソメに似たような味に感じられたものだ。

それを宿の主人に頼《たの》んで分けてもらった蓮弥は、インベントリの中に保存していた。

鍋の下に、これも持ち込みの薪《まき》をくべ、ちゃっちゃっと火打石で火口《ほくち》に火を起こして薪へと燃え移らせる。

シオンに〈着火〉を使ってもらっても良かったのだが、声をかけるよりずっと早く済むので、なんとなく不満そうなシオンは努めて見ないようにして作業を続ける。

食材を用意し、食材と一緒に購入《こうにゆう》した包丁で下ごしらえをする。

野菜の皮をむき、適当な大きさに刻んで鍋へ投入。

主に根菜っぽいものを選んで買ってきたのだが、名前は蓮弥には良く分からない。

とりあえず市場では、煮込んで食べて美味《おい》しいもの、という指定をして店の主人達に選んでもらった品物だ。

肉は、蓮弥がやや驚く事実だったのだが、家畜《かちく》や野生の獣の他に、普通に魔物の肉が売られていた。

煮込みならば、ホーンラビットの肉が一番だと店員に勧《すす》められたので、それを購入してきた蓮弥だったが、味の方は食べてみないと分からない。

肉の塊《かたまり》を、さっさと一口大に切り分けて鍋へ投入。

具材を鍋のそこで軽く炒《いた》めたら、そこへもらってきたスープを投入し、少し水を入れてひと煮立《にた》ちさせる。

小皿に少しだけスープをすくって味見し、塩と何故《なぜ》かこの世界にも普通にあった胡椒《こしょう》で味を調《ととの》えれば完成である。

実に簡単な、野菜と肉の煮込みスープだ。

これに、蓮弥としては不満なのだが、固く焼いたパンを添《そ》えれば、質素ではあるが夕食の完成となる。

取り分ける皿は、スープ皿のように浅いものではなく、やや深めのものを選んだ。

野外で食べるのに、底が浅いとこぼれやすいだろうという蓮弥の気遣《きづか》いだ。

ついでに果物もいくつか出しておく。

やはり食事にはデザートが付かなくては格好が悪い。

選んだ果物はネクタと言う薄桃色《うすももいろ》の丸い果実で、指で剥《む》けるくらいの柔《やわ》らかな皮をめくると果汁《かじゅう》たっぷりの真っ白な果肉が姿を現す果物だ。

見た目から桃《もも》を連想していた蓮弥だったが、食べてみると甘《あま》さの他に強い酸味を感じるもので、想像していたのとはまるで違《ちが》う代物《しろもの》だったが、その酸味が爽《さわ》やかさを感じさせてくれるので、結構お気に入りの食べ物になっていた。

スープ皿にスプーンを添え、それらを地面の上で食べるのはどうにも味気ないのでこれもインベントリに収納していた、こぢんまりとした腰《こし》くらいの高さのテーブルの上へ並べた所で、なんだか周囲が妙な雰囲気《ふんいき》になっているのに蓮弥は気がついた。

シオンとローナが蓮弥に向ける視線は、なんとなく呆《あき》れと驚《おどろ》きの両方を含《ふく》んでいるように感じられた。

他のパーティからは、呆れというか、怒《いか》りというか、羨望《せんぼう》というか、とにかくなんだか良く分からない視線が向けられている。

見れば他のパーティは、地面に直に座《すわ》り込み、おこした焚《た》き火《び》の火で、薄《うす》くて茶色のおそらくは干し肉と思われるものと、これは蓮弥達のと同じものらしい固いパンを炙《あぶ》っては噛《か》み砕《くだ》き、水だかエールだかワインだかは分からないが、何かの飲み物で飲み下すような夕食を摂《と》っている。

「何か？」

「いや、なんと言うか。食生活が豊かな事はいいことなんだが……」

「手馴《てな》れてますねぇレンヤさん」

「急いで準備したから、色々と不満は残るがね」

スープを宿から分けてもらえたのは僥倖《ぎょうこう》だったが、調味料をもっときちんとそろえられなかったのが痛かったと蓮弥は言う。

本当はもっと香草《こうそう》とか香辛料《こうしんりょう》とか、酢《す》やソースのようなものを吟味《ぎんみ》して揃《そろ》えておきたかったのだが、なにぶん時間が無かった。

「次の課題と言うことで、今回はこれで我慢《がまん》してくれ。飲み物は水かワインのどっちかしか用意できなかった。これも課題だな」

「いや、これで我慢とか言ったら贅沢《ぜいたく》が過ぎると思うんだが」

普通、冒険者達は荷物をなるべく少なくする為に、行動中は調理道具等は持ち歩かないのが普通なのは蓮弥も知っていた。

しかし、インベントリという便利なものがあるのだから、使わずしてどうする、といった所である。

おまけに、使った後の道具を洗う水とて、樽《たる》にいれてしまえば水入り樽一個としてインベントリに入るのだから、利用しない手はない。

「椅子《いす》もあるから、立ち食いが嫌《いや》ならいってくれ、ちゃんと3人分ある」

ここまで来ると、流石《さすが》に他《ほか》のパーティから向けられる視線も、羨《うらや》ましさが大半を占《し》めるようになったが、それをどこ吹《ふ》く風《かぜ》と受け流し、蓮弥は早速《さっそく》自作の夕食に口をつけはじめる。

少し遅《おく》れて、シオン達もテーブルにつき、こちらは他のパーティからの視線をやや居心地《いごこち》悪く感じつつも、用意された夕食に舌鼓《したつづみ》を打ち始めた。

夜の見張りは、蓮弥は二番目を選択《せんたく》した。

順番としてはシオン、蓮弥、ローナという順番になったのだが、これにはきちんとしたわけがある。

食事を終えて、一休みし、食器等をキレイにしてインベントリに放り込んでから、就寝《しゅうしん》して次の朝までをおよそ8時間と考えると、3人で交代しつつ見張りをするとなると、各人の割り当ては、2時間一人、3時間二人の割り当てになる。

ここで、最初のシオンを2時間で休ませる為には、二番目の担当が蓮弥でなくてはならないということが一つ。

そして、蓮弥が二番目を担当することで、シオンもローナも連続して長い時間、寝ていることができる。

二番目の担当だけ、2時間寝て、3時間起きてまた3時間寝ると言う中途半端《ちゅうとはんぱ》な睡眠《すいみん》時間で我慢しなくてはならない。

これは、地味にきつい。

きついと分かっているからこそ、シオン達にやらせるわけには行かない。

しかし、この世界には時計がない。

時計がないのに、どうやって時間を計るのか、といえば何故か砂時計が存在しており、冒険者《ぼうけんしゃ》は大体が1時間を計ることのできる砂時計を携帯《けいたい》しているのだ。

これをひっくり返した回数で交代するタイミングを計るのだが、その夜は何事も無く時間が経って行き、やがて夜が明ける。

問題は明け方に起こった。

ローナと見張りを交代し、自分の寝袋に潜《もぐ》り込《こ》んでひたすら目と耳を塞《ふさ》いで眠《ねむ》りにつこうとしていた蓮弥は、うつらうつらと浅い眠りに出たり入ったりしている最中に、息苦しさを感じて目が覚めた。

まず気がついたのは身動きが取れない。

寝袋の中に居るのだから、蓑虫《みのむし》のようにもがくくらいしか出来ないのは承知していたが、そのもがくという動きすら、半ば封《ふう》じられた状態。

さらに身体の上には何かしらの重みを感じる。

襲撃《しゅうげき》されたという考えは、一番最初に否定した。

外にいるのがシオンだった場合は、考えうる状況であったが、現在外で見張りをしているのはローナである。

ぽやぽやして抜けてるような雰囲気だったとしても、本人が騎士《きし》であると言う以上はそれなりの訓練を受けてきた人間だということだ。

それが、声も発せずに誰かの襲撃を許すことなど考えづらい。

だとすれば、考えられるのは最初からテントの中に居た人、となるわけで。

「いやいや、そんな使い古されたハプニングが実際に起こるわけが……」

寝袋の作りは、人間一人がすっぽりと入る長さの巾着袋《きんちゃくぶくろ》を想像すれば分かり易い。

保温性を高めるために、綿をつめた布地で出来た袋に入り込み、首の所で、中の空気を逃《に》がさないように紐で締める形だ。

寝《ね》心地《ごこち》はともかくとして、暖かさはかなりなものなので、旅人に重宝されるかと思いきや、急な襲撃などを受けた時の対応がどうしても遅れる為に冒険者達からは非常に不評を買っている品物である。

蓮弥はそれを見た時に、いずれ絶対に使いやすいように改造してやろうと心に決めていたのだが、今回についてはその時間が無く、仕方なく就寝時にナイフを抱《だ》いて袋に入り、緊急時《きんきゅう》には袋を裂《さ》いて出るようにして寝袋を使うことにしていた。

一応、一般的《いっぱんてき》には毛布を軽くかぶって寝るのが普通《ふつう》なのだが、蓮弥がそんな薄手《うすで》の寝具《しんぐ》では寝れないと断固反対した、というのが寝袋導入の原因である。

そんな状態なので、取りあえず首だけ曲げて自分の胸の上を見れば、そこには黒髪《くろかみ》の頭が、なんだかぐりぐりと押《お》し付《つ》けられている様子が見えた。

眠るときには流石《さすが》に邪魔《じゃま》になるのか、いつもは頭の高い位置で結《ゆ》っている髪《かみ》は、自然に背中へと流されており、ただそれだけのことなのに、なんだかいつもより女性らしさの方が強く感じられて、驚かされる。

いつもは凛《りん》とした感じを受ける表情は、寝ぼけているせいなのか、にへらっとだらしなく笑っており、どんな夢を見ているのかは蓮弥には想像すらつかなかったが、時折ぐりぐりと頭やら頬《ほお》やらを擦《す》り付《つ》けていた。

沸騰《ふっとう》しかける頭を、意思の力で押さえつけて、蓮弥は現状を整理する。

どうやったのかは分からないが、器用に寝袋から這《は》い出《で》たシオンは、一応野営中なので、何か有った場合に即《そく》対応できるように、シャツと薄手のズボンを身につけてはいたが、その格好で夜の寒さは応《こた》えたのだろう。

本来ならば、自分の寝袋に戻ればいいものの、眠っている最中にそこまでの器用さを求められても無理だったと思われる。

そこでシオンは、すぐ隣にあるぬくぬくとした塊に、全力でしがみついたのではないだろうか。

その塊の中身がローナであったのならば、たいした問題ではなかったのだが、運悪く中身は蓮弥である。

こんな所をローナに見つかったら、どんな目に遭わされるか分かったものではないと、なんとか蓮弥はシオンの腕《うで》の中から逃げ出そうとするが、シオンは両手両足をフルに使ってがっちりと蓮弥にしがみついた状態なので、寝袋に蓑虫状態の蓮弥では、もがいて抜け出すことも出来ず、腕を寝袋から出すこともできないので引《ひ》き剥《は》がすこともできない。

おまけに、シオンの頭は大体蓮弥の胸の位置にあり、しかも寝袋は厚手でごわごわとしている為、女の子のいい香《かお》りがーとか、柔らかな感触《かんしょく》がーとか言ったどこぞのお話の主人公的な役得感もまるでない。

単に、重い拘束具《こうそくぐ》。

しかも見つかった場合に多大な誤解と被害《ひがい》をもたらす疫病神《やくびょうがみ》。

これが現状、蓮弥がシオンに下す評価だ。

「ちょっ……起きろ、シオン？」

「んゅ……？」

なんだか妙な反応に、しばし蓮弥は沈黙《ちんもく》してしまう。

声をかけられたシオンは、くずるような反応をほんの少しだけ見せたが、すぐにまた頭をぐりぐりと蓮弥の寝袋に押し付けて寝入《ねい》ってしまう。

「んぇ……」

「妙なうめき声を出すなっ。ってちょっと、本気で起きろこら。こんな所ローナに見つかったら、俺《おれ》の身に大変なことが……」

「……私がどうかしましたかぁ？」

間延びした声がしたので、テントの入り口を見れば、まぶたが半分落ちかかって眠そうな顔をしたローナが頭だけをテントの中に突っ込んできている。

その表情に、最初は誤解された挙句に、大声を出されるのではないかと危惧《きぐ》した蓮弥は、なんとかシオンを起こすか、その腕の中から逃《のが》れようと激しくもがいたが、しばらくしてローナから何の反応もないことに気がついてもがくのを止めた。

見ればローナは、最初に首だけを突っ込んだ姿勢のまま、やっぱり眠そうな顔で、じーっと蓮弥とシオンを眺めている。

その雰囲気に、何かおかしなものを感じた蓮弥はおそるおそる声をかけた。

「お、おい。ローナ？」

「……ぁぃ？」

やはり反応がおかしい。

少なくとも5時間は眠っているはずなのに、そのまぶたはいつ完全に落ちてもおかしくない感じで、上がったり下がったりを繰《く》り返《かえ》している。

「……どうした……？」

「なんでしょうねぇこれ……なんだか物凄《ものすご》く……眠くて」

「お前一体、何を言って……」

「うー……眠いです。シオン、いいもの抱いてますねぇ……」

じっと見つめられて、また慌《あわ》てる蓮弥。

「いやっ。これは起きてみたらこんな風に……別に妙な気を起こしたわけでは」

「ええ、……シオンの抱《だ》き癖《ぐせ》ですねぇ……。最近はあまり見なくなったんですが……。大体、妙な気を起こそうにも……レンヤさん、そこから腕すら出せないですよねぇ？」

確かにそうであった。

寝袋の中にいるというだけでも身動きがとりづらいと言うのに、蓮弥に抱きついているシオンの両腕《りょううで》は、蓮弥の両腕をしっかりと固定しており、動かすことができない。

一応、ナイフを抱いているので、袋を切り裂いてしまえばなんとかなりそうではあったが、寝袋自体そんなに安い代物でもない上に、命の危険に直結するような緊急事態でもないのに、切って壊《こわ》してしまうのは、もったいない。

「ローナ、これでは身動きが取れない。なんとかシオンを引《ひ》き剥《は》がして……」

「ああ、よさげな抱き枕《まくら》ですよねぇ……」

「へ？」

何を言われたのか分からずに、間の抜けた声で問い返す蓮弥に、にっこりといつもの笑《え》みを浮《う》かべたローナがにじり寄るようにしてテントの中へと侵入《しんにゅう》する。

その様子はなんだか、肉食で猫科《ねこか》の獣の動きに似ているような気がして、蓮弥は後ずさろうとして、やっぱり動けずにもがく。

「私……すっごく眠いんですよねぇ」

「ちょっと待て、見張りはどうした？」

「こんな安全なトコで、襲《おそ》ってくる魔物も人もいないですよぉ」

シオンがしがみついているのとは反対側に、ごろりと横になったローナは、シオンがそうしているように、蓮弥の寝袋にぎゅっとしがみついた。

「それじゃおやすみなさい……」

「いやまてまて、絶対おかしいからそれ！」

両側からしがみつかれたせいで、もがくことすらできなくなる蓮弥。

シオンと同じように、ぐりぐりと頬を擦り付けながら、ローナが言った。

「シオンの薄いの押し付けられるより、私の厚いのを押し付けられた方が、レンヤさんも気持ちいいでしょぉ……」

ぐいっと押し付けられたものは、おそらく地のボリュームが違うせいなのか、寝袋の布地ごしにでも、はっきりとそれと分かる柔らかさが伝わってくる。

思わず、このままでもいいかーと思いかけて、慌てて蓮弥は頭を振《ふ》った。

「そういう問題では……って薄いとか厚いとか一体なんのことだ⁉」

シオンの表情が、なんだか不機嫌《ふきげん》そうになり、その腕に力が篭《こも》った。

ただでさえキツかった拘束が、さらにキツくなり、なんだか腕とか胸の辺りから不穏当《ふおんとう》な音が聞こえてきたような気のする蓮弥。

逆にどこか勝《か》ち誇《ほこ》ったようなローナが、シオンと腕を絡《から》めるようにしつつ、こちらもぎりぎりと音が立つような力で蓮弥の身体を締《し》め上《あ》げる。

かたや、見習いとは言え剣士《けんし》。

かたや、自称《じしょう》とは言え、どうやら正式な騎士。

その腕力《わんりょく》は、武器を振るう為に間違いなく鍛え上げられた代物であり、そんなものを両側からかけられた蓮弥の身体は悲鳴を上げる。

「い、いたっ⁉ 折れる⁉ 千切れる⁉ 離《はな》せお前らっ！」

「んー……やー……」

「眠いって言ってるじゃないですかぁ……」

状況《じょうきょう》に気持ちやら理解が追いつかない蓮弥だったが、二人の状況とは別に、蓮弥の頭は警報を鳴らし始めていた。

この状況はおかしい。

女性二人に抱きつかれていることが、ではない。

見張りとして警戒《けいかい》していたローナが、眠気《ねむけ》を訴《うった》えてそれに抵抗《ていこう》できない、という事がである。

曲がりなりにも騎士を名乗るのであれば、それなりに訓練を受けているはずであり、尚《なお》且《か》つ、どこのだれかは知らないがそこそこ位の高いらしいシオンの護衛につくくらいなのだから、眠気に負けて警戒を怠《おこた》るというのは考えづらい。

しかし、現実にはローナは蓮弥の寝袋を抱きかかえて、だらしなく眠りに入ろうとしている。

これが普通なはずがない。

もう、寝袋を破壊して、無理やりにでも身体の自由を取《と》り戻《もど》そうかと蓮弥が、抱いているナイフを握《にぎ》る手に力を込めた時、それはやってきた。

蓮弥を襲ったのは猛烈《もうれつ》な睡魔《すいま》だ。

ありえない、と頭の片隅《かたすみ》で叫《さけ》ぶ。

確かに、不規則な睡眠時間ではあったが、そこそこの睡眠はきちんと取れていた。

さらに、目覚めてみたらこの状況で、眠気などすっかり吹き飛んでいたというのに、何故なのか、抗《こう》し難《がた》い眠気を覚えている。

「人為的《じんいてき》……或《ある》いは人でない何かの攻撃《こうげき》？」

今、襲ってくる眠気に負ければ、おそらくは相当な時間目を覚まさないであろう予感がある。

そうなれば、３人は完全に無抵抗《むていこう》の状態になってしまう。

それはそのまま、命の危険に直結すると言えた。

「行《い》き掛《が》けに、奴《やっ》らぶち殺しておくか？」

必死に睡魔と戦う蓮弥の耳に、そんな声が聞こえた。

殺すという単語に、頭の芯《しん》が冷えて、睡魔が引いていくのが分かる。

「あのクソをヤって、ツレもヤっちまうなら今しかねぇんじゃねぇか？」

「よした方がいい。〈睡眠〉の魔術《まじゅつ》はかかり方にもよるが、物音や痛みで簡単に解ける事がある。一人ならともかく、複数人が固まっている場合は、手を出さない方がいい」

「ちっ。しょうがねぇな。まぁ、後で拝める奴らの馬鹿面《ばかづら》だけで我慢すっか」

テントの外で動く人の気配がする。

声には聞き覚えがあった。

口が悪いのは、あのゼストという男の声だった。

その行動を止めたのは、若い女の声であったが、おそらくはパーティメンバーの魔術師《まじゅつし》なのだろうと、蓮弥は当たりをつける。

どうやら彼《かれ》らは、周囲一帯に生物を眠らせる魔術をかけたようだ。

しかし、何故そんな事を、と蓮弥は思うが、答えは出ない。

そうこうしている間に、外の気配はなにやら色々と動いていたようだが、しばらくして遠ざかったのか、物音がしなくなった。

一体外で何が起こっていると言うのか。

答えの出ない疑問に、頭を悩《なや》まされつつ、そろそろ危険な度合いになってきた両側からの締め付けに、果たして自分は無事にこのテントから出れるのだろうかと蓮弥は心配になるのだった。


「やられたな」

苦々しげにハルツが言った。

昨夜、ゼスト達が張った野営は、きれいに撤収《てっしゅう》されており、跡形《あとかた》もなくなってしまっている。

ハルツとは対照的に、アズの表情は銀杯亭《ぎんぱいてい》で顔合わせをした時のように、ほとんど表情らしいものを浮かべてはおらず、表面上は酷《ひど》く冷静だ。

蓮弥は、といえば、なんだかなーという微妙《びみょう》な表情で、左頬の辺りをぽりぽりと人差し指でかいている。

その頬は、殴《なぐ》られたのか張られたのかは判別できなかったが、赤くなっている。

何があったのかをハルツは非常に気になっていたのだが、少し離れた所に蓮弥のパーティメンバーであるシオンが、真っ赤な顔をして身体を縮こませながら正座しているのを見て、なんとなく尋《たず》ねてはいけないことなのだろうと察した。

あの猛烈な睡魔になんとか抵抗した後。

蓮弥は必死になってシオンとローナを起こしにかかったのだが、かけられた魔術のせいなのか、それとも二人とも寝起《ねお》きが悪いのか、もがいたりゆすったりする程度では全く目を覚ます気配がなかった。

最終手段として蓮弥が取った手段は、シオンが抱きついている側の手をわきわきと動かして、シオンの身体をくすぐると言うか、まさぐることだった。

場所的に、ちょうど胸の辺りに手があったような気がしている蓮弥だったが、実際どこを揉《も》んだのかは、怖《こわ》くてシオンに聞けずにいる。

とにかくなんだか柔らかい感触を揉むことしばし。

その不穏《ふおん》な感触に、ぐずりながらシオンが半分寝ぼけたままで覚醒《かくせい》し、頭を起こして状況《じょうきょう》を確認《かくにん》。

自分の体勢と、どうやら身体をまさぐられていたらしいことに気がつくと、意識がはっきりするにつれて顔色が赤く染まり始めた。

その拳《こぶし》が握り締められた時に、蓮弥が思ったのは、俺は悪くないという事だった。

悪くないはずなのだが、状況的に一発殴られるくらいは甘んじて受ける必要があるだろうことも理解していた。

歯か骨が折れなきゃいいなぁと思いつつ、振りかぶられた拳を見ていた蓮弥は、その拳が振り下ろされる瞬間《しゅんかん》、ぐいっとローナが抱きついている側に引っ張られて、次いで頬に軽い衝撃《しょうげき》を感じ、ローナに抱きつかれたままごろごろとテントの端《はし》まで転がる羽目になったのだ。

打撃《だげき》とは衝撃の方向に身体を逃がすことで、ダメージのかなりの割合を逃がすことが出来る。

引っ張られたのは、シオンの攻撃に気がついたローナが間一髪《かんいっぱつ》の所で蓮弥が受けるダメージを少なくする為にやってくれたらしい。

そこまで意識があったのなら、シオンを止めてくれればよかったのにと思わないでもなかったが、まともに攻撃を受けずに済んだだけ、感謝しなくてはならない。

むしろ、抱きついたまま転がったおかげで、あっちこっちにむにゅむにゅと色んな物が当たる感触があったので、後で心の底からお礼を言おうと思う蓮弥だった。

それはともかくとして。

やっとの思いで寝袋から這い出して、身支度《みじたく》を整えてからテントの外に出てみれば他《ほか》のパーティも魔術の攻撃を受けたらしく、地面に大の字になって眠っている人やら、テントにもたれかかって大いびきをかいている人やら、まだ眠気が残るのか、頭を振りつつテントから出てくる人が見える中、ゼスト達のテントだけがきれいに消え去っていたのである。

「抜け駆け？」

「おそらく、な」

蓮弥が短く問えば、ハルツも短く答えた。

「年の若いダンジョンは階層も浅く、広さもそれほどでもない。出現する魔物《まもの》の強さも弱いのが普通だ。それでも念を入れて複数のパーティで攻略《こうりゃく》するのが一般的なのだが……」

「自分らだけでイケると思ったということか」

「たぶんな。用意されている宝物も大した事はないだろうから、ここの目当てはダンジョンコアだけになる。守護者も弱いだろうから、早い者勝ちだと思って他のパーティの足止めをしたのだと思う」

「ふーん」

蓮弥の気のない返事に、おやっという顔になるハルツ。

先を越《こ》されていると言うのに、蓮弥の顔には焦《あせ》るような様子も見えない。

気になったハルツは尋ねてみることにした。

「余裕《よゆう》だな。ダンジョンコアは大きさにもよるが、こんな若いダンジョンのでも金貨数十枚くらいの価値はあるはずだ。惜《お》しいとは思わないのかな？」

「別に」

蓮弥の返事は非常にあっさりとしたものだった。

その淡白《たんぱく》さが、蓮弥が本当にそう思っていることの証明になる。

「奴らだけでダンジョンを攻略してくれるなら、こっちとしては助かる話だ。確かにコアの売却額《ばいきゃくがく》は惜しいが、何もしなくても依頼《いらい》の報酬《ほうしゅう》は手に入るわけだしな」

「同感だ」

蓮弥の言葉に賛同の意を示したのはアズであった。

驚いた顔でそちらを見るハルツに、何を驚いているのだろうと不思議そうな顔でアズはその顔を見返す。

「働かずに金がもらえるのだ。あの茶髪《ちゃぱつ》に感謝状を一筆したためてもいいくらいだ」

「いい考えだな。奴らが出てくるまでに書いておこうかな」

「お前ら……」

暢気《のんき》に会話する蓮弥とアズの様子に、呆れるハルツ。

いくら若いとはいっても、ダンジョンを一つ攻略したとなれば、そのパーティには箔《はく》がつくだろうし、ダンジョンコア一つで依頼料《いらいりょう》の何倍もの報酬になる。

それらを目の前で掠《かす》め取《と》られたと言うのに、全く気にしていない二人に、ハルツは自分の考え方が古いんだろうかと、半ば本気で悩んだ。

だが、悩んでいても仕方がない上に答えも出そうになかったので、気分を切《き》り替《か》えてハルツは言う。

「奴らが失敗したらどうするんだ?」

「攻略しなおせばいいだろう?」

返答はハモって返ってきた。

そうなるか、と思ったハルツだが、続く蓮弥の言葉には驚かされた。

「失敗しても、ザコ辺りの露払《つゆはら》いは済んでるだろうから、奴らが失敗する原因となった奴だけに気をつければいいってことだな」

「なるほど、とても効率的な意見だ。レンヤと言ったか、合理的な考え方は賛同するし素《す》晴《ば》らしいと思う」

「いやいやお前ら、助けようとかしないのか?」

おかしな部分で意気投合しかけているアズと蓮弥に、ハルツが慌てて口を挟《はさ》むが、二人同時に何を言ってるんだこいつは、と言う顔をされて口を閉ざす。

自分は何か間違《まちが》ったことを口走っているのだろうかと考えるハルツに、呆れ返った口調で蓮弥が言う。

「勝手に先走って、勝手に失敗した奴の尻拭《しりぬぐ》いなんてごめんだぞ？」

嫌そうに言う蓮弥に、アズが然《しか》り然りと頷《うなず》いている。

「全くだ。勝手に先走ったのだから、せめて逃げ帰るような真似《まね》などせずに、潔《いさぎよ》く全滅《ぜんめつ》するべきだろうな」

「力尽《ちからつ》きる前に、一太刀《ひとたち》でも入れてればベストだな」

「そうだな、それくらいしていれば、墓前に花の一つも手向《たむ》けてやってもいい」

「墓前って……遺体を持ち帰るのか？　俺は嫌だぞ、そんな面倒《めんどう》」

「それもそうだな……ダンジョン消滅《しょうめつ》時に、一緒《いっしょ》に消えてくれれば面倒もないか」

「お前らなぁ……」

あまりといえばあまりな言い草に、呆れを通り越して嘆息《たんそく》しか出てこないハルツ。

それに取り合う気もないアズと蓮弥はそれぞれのパーティに、急ぐことはないので朝食の用意をするように指示を出し始めていた。

「いいんですか？」

シオンがまだ、赤面で正座中なので、ローナが蓮弥に囁《ささや》く。

それに鷹揚《おうよう》に頷く蓮弥。

「そんなに広いダンジョンじゃないと言うなら、お昼過ぎ辺りまで待っていれば、成功にせよ失敗にせよ、なんとなく結果が分かるんじゃないかな？」

そんなことより朝ご飯だよ、と手際《てぎわ》よく薪を細かく割り、蓮弥は火をつけてから、インベントリから取り出した、フライパンに似た調理器具を火にかける。

わずかに油をひき、やや厚手に切ったベーコンを2枚敷《し》く。

それが焼けていい匂《にお》いを発するのを待ってから、何から生まれたのかは分からなかったが間違いなく卵であるとわかるものを割って中身をフライパンもどきの上へ流す。

ベーコンはやはりカリカリになるまで焼いた方が美味しいと信じる蓮弥は、ベーコンにも卵にもしっかりと火を通してからそれを皿の上へと移動させる。

目玉焼きには醤油《しょうゆ》派の蓮弥であったが、この世界においてはいまだ、元の世界のそれに該当《がいとう》するものは、発見できずにいる。

代わりに、醤油ではなかったが、塩漬《しおづ》けにした魚から作られる魚醤《ぎょしょう》は見つけたのでそれをさっとかけてやれば出来上がりだ。

これにサラダとパンをつけてやれば、朝食としては十分だろうと思うのだが、残念なことに、この世界で一般的に流通しているパンは、固すぎて単体では食べにくい。

仕方がないので、この世界では少々高級品であったが、ミルクに塩と宿からもらってきたスープを少々混ぜて熱し、そこへ小さく砕いたパンと見た目、トウモロコシに見えた野菜の粒《つぶ》をほぐしたものをぱらぱらと入れた。

コーンスープもどきにクルトンを入れる感覚で作ってみたのだが、味見をしてみればまぁまぁ食べられる代物に出来上がった。

これを皿に盛って、野菜サラダを加えて朝食の出来上がりである。

サラダには塩と胡椒と酢で作った簡単なドレッシングをかけてある。

「朝食も豪勢《ごうせい》だな」

ようやく現実に復帰したらしいシオンが、食卓《しょくたく》の上を眺《なが》めて感想をもらす。

豪勢と言われる程《ほど》のものでもないんだけどなぁと言うのが蓮弥の感想だ。

宿で仕込んできたものが上手に出来上がれば、もっと格好のいい食事になるんだがなぁと思うのだが、これればかりは時間しか解決してくれない問題だった。

「食事が美味《うま》いことはいいことだろう？　さ、冷めないうちに……」

食べようかと言いかけて、蓮弥はすぐ隣で、これもまた昨夜と代《か》わり映《ば》えのしない干し肉とパンの食事を手にしたまま、なんだかこちらをガン見しているアズのパーティに気がついた。

　昨日の夕食に続く今朝の朝食が羨ましいと見えて、手にした食事を摂るのを忘れて蓮弥達《たち》の食卓を見ている。

「お隣《となり》に、サービスしてもいいかね？」

「蓮弥が良いなら、良いんじゃないかな？」

「そうですねぇ、反対はしません」

　二人の了承《りょうしょう》を得てから、蓮弥はアズに声を掛《か》けた。

「そんなもの欲しそうな目でこっちを見るな。欲《ほ》しいなら分けてやるがどうする？」

「ん……、そうか？　良い匂いがするし、美味そうだったので、分けてもらえるなら嬉《うれ》しいが、こちらの全員にもらえるのか？」

「仲間外れはせんよ。外された奴が可哀想《かわいそう》だろ。あの、おっさんのパーティにも……って、おっさんのパーティはどこ行った？」

　見回した周囲にハルツのパーティの姿がなかった。

「ハルツ達《たち》なら、ゼストを追いかけると言ってダンジョンに入って行ったよ」

　面倒見《めんどうみ》がいいのか、金に汚《きたな》いのか。

判断に迷う話ではあったが、どちらにせよハルツ達はゼストのパーティの動向を傍観《ぼうかん》すると言う選択肢《せんたくし》を取れなかったようだ。

「それはまた勤勉な。あ、食器は貸すが返せよ？　あとスープは分けるがパンはその手にしてるやつを食ってくれ。おかわりは無いのでそのつもりで」

「スープが飲めるだけでも感謝する」

おかわりがあるかもと思って、スープは多目に作っていたのだが、とても大人５人に分けるに足りる量ではなかったので、材料を注《つ》ぎ足《た》して増量する。

宿からもらったスープが尽《つ》きてしまったので、やや乳臭《ちちくさ》くなってしまった感じは否《いな》めなかったが、自分達で砕いたパンとちぎった干し肉を入れたアズのパーティメンバーから、蓮弥のスープは概《おおむ》ね好評をもって迎《むか》えられた。

やはり多少質素でも、美味《おい》しくて温かい料理は何を差し置いたとしても優先されて然《しか》るべきだなと、蓮弥は改めて確認した。

「昼はパスタでも茹《ゆ》でるか。野菜に肉に胡椒《こしょう》にチーズもあるし、トマトっぽい野菜も仕入れてあるから、完璧《かんぺき》だな」

もちろん、用意した食材は全《すべ》て味見済みであった。

銀杯亭での顔合わせが、思ったよりずっと早くケリがついたので、出来た時間を市場回りに費やした成果、とも言える。

普通に4日分のパンと干し肉を調達してきたローナからは、物凄い勢いで恨《うら》み言《ごと》を言われたというオチもついてきたのだが。

「そんな水をどこから持ってくると言うのだ？」

半端《はんぱ》な量の水では、パスタを茹でることなど出来はしない。

そして普通の冒険者はそんな量の水を、わざわざ料理をするために仕事中に持ち歩いたりすることは絶対にない。

「俺、虚空庫《こくうこ》持ち。水なら樽に入れてどっさりと」

ついでにパスタを茹でるために底の深い鍋《なべ》も、きちんと購入《こうにゅう》して持参している蓮弥である。

「……取引がしたい。話に乗って欲しい」

割と真剣《しんけん》に、かなり切実な表情でアズが切り出すと、蓮弥はにっこりと笑った。

「いいだろ。俺は取引なんかには割と良心的な男なんだ。さて、何が出せるかね？」

結局、取引はすんなりと終わった。

アズが蓮弥に昼食と引き換えに差し出すと言ったものは。

「初級の攻撃《こうげき》系の魔術《まじゅつ》の伝授、でどうだ？　そこそこの値段がするものだし、お前は見た感じ剣士のようだから、攻撃魔術までは覚えてはいまい？」

ずるずると条件を小出しにして、交渉《こうしょう》を引き延ばして有利な条件を引き出そうといったような、駆け引きは全くする気がないらしいアズは、その時点で自分が出せる最大のものを提示した。

提示された蓮弥も、これには少々驚《おどろ》いた。

カリルの所で見せてもらった値段表が、適正価格のものであるならば、アズは最初から銀貨50枚を提示してきたようなものだからだ。

元の世界で言うなら五万円相当。

大人５人分の昼食代とすれば、破格と評して間違いない。

「気前がいいね？」

「出せるものは出し惜しみしない。こんな所で美味い飯を食う為《ため》ならば、尚更《なおさら》だ。パーティメンバーのあいつらには苦労させているしな」

ひたすら盾《たて》役に徹《てっ》しさせていると言うメンバーを見つつアズが言う。

魔術を詠唱《えいしょう》する時間を稼《かせ》ぐ為に盾にしているとはいえ、守ってもらっていると言う感謝の気持ちがあるらしく、無愛想な顔は変わっていないが、声には実感が篭っていた。

なんだかそれだけで、昼食くらいなら融通《ゆうずう》してもいいような気分になる蓮弥であったが、取引をもちかけて、相手が条件を提示した状態で、やっぱりタダでいいやと言ってしまうのは、何か違《ちが》う気がした。

「ただ、あまり多く渡《わた》すと街でそれを生業にしている奴らに悪い。一つで頼《たの》む」

「了解《りょうかい》した。取引成立だな」

昼食は少しくらい奮発しても、バチは当たるまいと思う蓮弥だった。

「それでは早速《さっそく》伝授するが……何がいい？」

「一発の威力《いりょく》が高いか……当たると相手の行動を阻害《そがい》するものがいいんだが……」

カリルの所で絶望的に魔力《まりょく》の量が少ないと言われた事を思い出しながら蓮弥は考える。

あれから結構な回数の「光明」の魔術で魔力量改善の修行《しゅぎょう》を繰り返してはみたものの、実感できるようなものはなく、あまり改善されたとは思えない。

火力よりは手数、という主義の蓮弥であったが、数撃《う》てないとなれば、一撃《いちげき》の重さに賭《か》けるか、確実に当てて物理攻撃に繋《つな》げるかしか手がない。

そんな事をアズに伝えると、アズは少し考えてから。

「火力が高いのは〈小火弾〉だろうな。行動阻害なら〈氷礫〉だが、ダメージ狙《ねら》いでないのならば〈風縛〉でもいいと思うが。適性と言うものもあるしな」

「適性はカリルって魔術師の所で調べてある。風だそうだ」

「あいつか。あいつの調べならば間違いないだろうが……風か。風なら〈風刃〉か〈風縛〉のどちらかだな」

風で切り裂くのが〈風刃〉で、風をまとわりつかせて動きを鈍《にぶ》らせるのが〈風縛〉であるとアズが説明する。

〈風縛〉の方は蓮弥の希望に沿った形の魔術であるが、〈風刃〉についてはあまりお薦《すす》めしないとはアズの言葉だ。

「火力と言う点では〈小火弾〉にかなり劣《おと》るからな。うちの前衛メンバーなら、大した防《ぼう》御魔術《ぎょまじゅつ》をかけなくても軽く防ぐ」

「ふむ……悩む所だな……」

所詮《しょせん》は初級魔術、と言うことなのだろうと蓮弥は理解した。

火力が高いと言っても、その〈小火弾〉も厚い鎧《よろい》を前にすればちょっとしたヤケドを負わせるのが関の山くらいの威力しかないらしい。

「お薦めはやはり〈小火弾〉だな。使い勝手がいいし、相手をあまり選ばない」

「専門家の意見は貴重だな。それでお願いするか」

蓮弥が決めると、アズは荷物からカリルの店で見たのと同じような紙切れを取り出すと蓮弥の額に貼り付ける。

「付与《ふよ》、〈小火弾〉」

額に貼り付けられた紙が消えると、やはり前に見たのと同じようなメッセージが流れたので、蓮弥は受理を選択《せんたく》。

「呪文《じゆもん》は、我《わ》が力に依《よ》りて、火弾よ撃て、だ」

「これも使い続ければ、いくらかは魔力量の改善につながるのかな？」

「ああ、その方法も聞いていたか。魔力量は魔術を使い続ければ自然と増える。ただ、生来持っているものよりはあまり増えないと言うのが定説だが……」

どことなく言いづらそうにアズが言う。

それはカリルの所で魔力量が少なすぎると言われた蓮弥に気を使ってのことらしい。

「仕方ないさ。一発でも使えれば、戦い方に幅《はば》が出る。それでよしとしなくてはな」

「ちなみになんだが」

アズが何かに興味を持ったように尋ねた。

「〈光明〉の魔術は何回くらい使えるようになったんだ？」

「そうだなぁ……」

数えたこともなかったので、蓮弥はざっと暗算してみる。

最終的に使っていた詠唱マクロは、16回同時起動を一度に行うものだったが、何回実行すると停《と》まるのかは、あまり気にしていなかった。

「16回の並列起動で、1時間に60回起動して魔力切れを起こさなかったから……」

「……なんだと？」

「最低でも960回は使えるってことかな？」

さらっと蓮弥が口にした回数を耳にして、アズの表情が固まった。

元々、無愛想で無表情なアズの顔が、さらに彫像《ちょうぞう》のようになったのを見て、蓮弥は何かおかしなことを口にしたのだろうかと考えて、はたと思い当たった。

魔力量が絶対的に少ないと言われた自分のことである。

修行してもその程度しか使えないのかと、呆《あき》れられたのだろうと蓮弥は思った。

「才能無いみたいだから仕方ないんだよなぁ……」

適性はあるのにもったいないと溜息《ためいき》をつく蓮弥の言葉に、食い気味にアズが言葉をかぶせてきた。

「才能無いだと？　お前は自分が一体何を口にしているのか理解してないのか？」

「理解してるさ。向いてないんだよ、きっと」

「馬鹿《ばか》を言うな。いいか？　これから話す事は言いふらすんじゃないぞ？」

ぐっと顔を近づけて、声を潜《ひそ》めるアズに、男に近寄られてもうれしくないんだがなぁと思いつつも、その真剣な表情に圧《お》されて蓮弥は頷く。

「まず、並列起動と言ったな？」

「え、ああ、うん」

「魔術の並列起動は、俺も出来なくはないが……二つが限度だ」

「うん？」

専門家が二つの魔術しか同時に行使できないと言う。

もしそれが本当なのであれば、16も起動できると言うことは一体何を表すというのか。

「それに起動回数だが、休まずに続けて〈光明〉ならば、俺だと１００回起動させれば大方力尽きる」

蓮弥はまじまじと、目の前にあるアズの顔を見る。

その顔は、真面目《まじめ》で嘘《うそ》を言っているようには見えなかった。

嘘を言っているようには見えなかったが、それでも言葉の内容は信じ難い。

カリルに少なすぎると評された自分の魔力量が、専門家であるアズの10倍近くあるわけがない。

あるわけがないとは思うのだが、実際蓮弥自身も嘘はついていないし、さらにその10倍近い回数ですら、まだ余裕を残した回数なのだ。

「どういうことだ……？」

わけもわからず呟《つぶや》いてみる蓮弥だが、アズは首を振った。

「俺《おれ》にわかるわけもない。普通《ふつう》だったら測定ミスを疑うが、カリルがやったのであれば間違いもないだろうしな」

修行がとても効果的だった、という線もありえない。

つい先ほど、アズから修行をしてもそれほど増えないと言われたばかりなのだ。

心当たりがあるとすれば、こちらの世界に来る前にもらったスキルの数々くらいしかないだろうがと思った蓮弥は思い出す。

あの幼女に鍛えたら鍛えた分だけ、能力が伸《の》びるようにしてくれ、と言った事を。

あれのせいかーと納得《なっとく》した蓮弥の考えなど、知る由も無くアズは顔を離しながら。

「何故《なぜ》そうなったのかは分からないが、事実なのだとすれば、周囲に知られれば面倒しか引き起こさないはずだ」

「既《すで》にお前に知られたわけだが？」

「俺は……人の事を誰《だれ》かに言いふらす趣味《しゅみ》はない」

無愛想な顔ながら、ほんの少しであったがアズの口《くち》の端《はし》が片方だけ動く。

どうやら笑ったらしいことは、なんとなく蓮弥にも分かった。

「それは有難《ありがた》い。忠告共々感謝しよう」

「感謝は必要ない。……昼食のパスタを少し多めにしてくれれば嬉しいが」

「心得た」

インベントリに用意してあるパスタの量は、それほどあるわけではなかったが、一応は蓮弥本人を基準として量を揃《そろ》えたのと、思ったよりもシオンとローナが量を食べないということが分かってきたので、多目にアズのパーティに回すことは支障ないだろうと蓮弥はアズの言葉に了承の意を伝えた。

「暇《ひま》……」

ぼそっと呟いたのはシオンだ。

取引と、多少の情報交換《こうかん》が終わってしまえば、あとはすることがない。

蓮弥もアズも、昼食を食べ終えるまでは、ダンジョンに潜《もぐ》る気が全くないのだから、自然と他のメンバーも、することがあろうがなかろうが待機時間というものを過ごさざるを得なくなる。

アズは蓮弥とのやり取りが終わり、パーティメンバーに取引成立を伝えると、荷物の中から敷物《しきもの》を取り出し、何冊かの本を抱《かか》えてその上にどっかと座《すわ》ると、黙々《もくもく》と読書を始めている。

他のメンバーは、そんなアズの様子はいつものことなのか、特に気にすることもなく各々《おのおの》が適当にその辺に散らばって、ぼんやりと日向《ひなた》ぼっこをしたり、仮眠《かみん》を取ったりしている。

蓮弥はといえば、昨日で宿からもらってきたスープが切れてしまっているので、竈《かま》の上に底の深い鍋を置き、そこに野菜と肉を投入してことこと煮込むという時間のかかる作業に取り掛かり始めた。

昼食にはトマトっぽい野菜のソースと、チーズとミルクで作るソースの二種類を提供するつもりでいた蓮弥だが、そのベースとなるものが無くては満足な出来になるわけもない。

大量に必要になるわけではないので、そこそこの量の材料をゆっくりじっくりと煮込み、時たま煮詰《につ》めてしまわないように水を足す蓮弥。

煮詰めてしまえば味は濃《こ》くなるが、大味というか、味に雑っぽさが出てしまう。

大事なのは、いかにしっかりと肉と野菜の旨味《うまみ》を引き出すかということなのだ、と自分に言い聞かせつつ、蓮弥はスープを見張り続ける。

ローナはすっかり状況に流されることを決め込んでしまい、声がかかるまでは寝《ね》ていますからと、テントに引っ込んでしまっている。

シオンはしばらく蓮弥の作業を眺めていたが、すぐに飽《あ》きてしまったようだ。

「仕方ないだろう？　昼食の御代《おだい》は先にもらってしまったのだし。料理で重要なのは下ごしらえなのだし」

「私達……一応、ダンジョン攻略に来たんだよな？」

それがなんでこんなピクニックみたいな雰囲気《ふんいき》に、とシオンは疑問を感じずにはいられなかった。

蓮弥は鍋の表面に出てくるアクを掬《すく》い取《と》りながら。

「不必要な時にぴりぴりしてても良い事はないぞ？」

「だらけすぎじゃないかな？」

「さて、どうだろう？」

ちょっとのんびりしすぎかもしれないとは蓮弥も思う。

だからといって昼食を作る作業の手を抜《ぬ》くつもりは毛頭なかったが。

トマトっぽい野菜は、茹でてから皮を剥《む》き、それをペースト状にしてから作り直したスープと合わせて鍋に入れ、さらに同じくペースト状にした野菜を投入し、香草《こうそう》で香り付けをしたら少し煮詰めて粘度《ねんど》を増すようにする。

細かくした肉と塩で少々味を調《ととの》えてやれば完成だ。

チーズとミルクのソースは、ミルクとスープを合わせて、塩と胡椒で味を調え、そこにごってりとチーズをぶち込んでトロトロになるまで温める。

こちらには細かく刻んだ野菜を入れてやる。

パスタは麺《めん》タイプのものが手に入っていたので、これを底の深い鍋にたっぷりと水を入れ、ぐらぐらと煮立《にた》つのを待ってからパスタを入れる。

よく、髪《かみ》の毛《け》一本分の芯を残して引き上げろと言うが、蓮弥はそのやり方は好みではなかったので、しっかりと茹で上げて、さっと引き上げる。

二種類のソースをそれぞれ深皿にあけ、大皿に茹で上がったパスタを載せて、取り皿の用意をすれば完成だ。

後は各自、パスタを取って、好みのソースをかけて食べるだけである。

総勢8人分のパスタともなれば、一回で茹で終えるわけもない。

皿に載せた途端《とたん》に消えていくパスタを見ながら、まぁ美味しく食べてもらえているのだからいいか、と思いつつ、蓮弥はひたすらパスタを湯掻《ゆが》いた。

パスタの在庫は、用意してきた分の半分以下になってしまった。

これは仕方のないことと言えた。

元々は蓮弥とシオンとローナという男一人女二人のパーティ用に用意したものなのだから、量もそれに応じた量になっている。

不測の事態が起きることも考えて、それなりに余裕は持たせてきた蓮弥ではあったが、成人男性5人の追加はやはり厳しかった。

むしろ、それだけ追加されて、よくまだ半分近く残っているな、と思ったくらいだ。

買ったのは蓮弥自身なのだが。

昔の自分をほめてやりたい、等とどうでもいいことを考えながら、その手は使った食器を洗う作業に余念が無い。

皿は言うまでもないが、鍋や包丁などもしっかりと洗って乾《かわ》かしてきれいにしておかなくては、衛生状態がなんとも言えないこちらの世界のこと、腹痛等の原因となってしまっては、食事を楽しめなくなってしまう。

使った道具はしっかりと洗って、拭き清めて乾かす。

これはもう、食材を触《さわ》る者にとっては常識以前の問題だと蓮弥は考える。

清潔な布で、食器を拭きながら周囲を見回せば、地面に直にだったり、敷物を敷いたりくらいの差はあれど、満腹になった昼下がりを満喫《まんきつ》しているように見えた。

実に平和な光景であった。

平和、平和とばかり言っていられないのも事実ではあったのだが。

それはアズも同じであったようで、蓮弥の隣で食器を拭くのを手伝いながら、周囲には聞こえないくらいの小声で話しかけてくる。

「帰って……こないな」

その声に不安等と言った感情は含《ふく》まれていなかった。

ただ、淡々《たんたん》と事実を確認するような物の言い方だ。

「ああ、そうだな」

作業の手を休めず、蓮弥は頷いた。

若いダンジョンでそれほどの広さは無い、とは聞いているが、具体的にどれ程の広さであるのかは、蓮弥には分からない。

だが、それなりのランクのパーティが、数時間も篭《こも》って出てこないというのが、それほどの広さではないダンジョンにおいて、普通のことなのだろうか?

蓮弥には判断ができない。

そもそも、元の世界にダンジョン等なかったのだから、それに関する知識がないのは当たり前だ。

知識がなければどうすればいいのか。

ないものは有る所から借りてくればいい。

とても簡単な事だった。

「して、師、アズよ。お尋ねしたいことが……」

質問と言えば確かにそうだが、実の所は知っている情報をタダでくれ、と言っているようなものだ。

そう思うからこそ、可能な限り下手に出てみた蓮弥だったが、アズの反応は意外なものだった。

「やめろ、気持ちの悪い。皿を落としたらどうする。お前のだから別にいいが」

半歩ほど後ずさりながら、無表情だった顔に本当に嫌《いや》そうな表情を浮《う》かべてアズが抗議《こうぎ》の声を上げる。

一応、真面目に尋ねたつもりだった蓮弥は、不本意ながらもアズのそんな表情が見れたことに、軽い満足感を覚えた。

それで皿を割られてしまっては、たまったものではなかったが。

「何が聞きたい。普通に聞け」

「狭《せま》いダンジョンに潜って数時間、二つのパーティが出てこないのって普通か？」

ハルツのパーティが、いつダンジョンに入ったのか分からないので、そちらについてはなんとも言えないが、ゼストのパーティに限って言えば、少なくとも5時間前後はダンジョンに潜ったまま音沙汰《おとさた》が無い。

蓮弥が疑問を口にすれば、同じ疑問について考えていたのか、アズの返答は早かった。

「普通とは言えないが、異常とも言えないな」

きれいに拭き終わった皿を、蓮弥に渡してから、まだ濡《ぬ》れている皿を手に取り、再び拭き作業を開始しながら、アズは答えた。

その手際はなかなかのものだったが、普段《ふだん》は護衛役の4人の為にアズが料理やら片づけやらを担当していると聞けば、納得の技術だった。

「狭いダンジョンとはいえ、時間をかけさせられることは珍《めずら》しくは無い。大して強いわけでもないのにやたらと堅いガーディアンに遭遇《そうぐう》した、とかな」

「なるほど？」

「しかし、その場合はここに人手があるのだから、何人かで防衛しつつ援軍《えんぐん》を呼ぶくらいのことは、普通考え付くものだ」

いかに堅牢《けんろう》な防御力《ぼうぎょりょく》を持っていたとしても大人数でボコれば、倒《たお》すまでの時間が短縮されることは当たり前のことだ。

自分達以外に手がないのであれば、ひたすら自分達でなんとかする以外ないのだが、すぐそこに援軍がいるのであれば、これを呼ばないという手は無い。

「なるほど」

「あの茶髪馬鹿《ちゃぱつばか》は、そのくらいのことに気がつく知能すら持ち合わせていない可能性が高すぎて泣けてくるが、ハルツがそれに気づかないとは思えない」

「なるほ……って、言葉に毒があるな、おい」

納得しかけて突っ込みを入れる蓮弥を、アズは表情も変えずにスルーした。

「結論として、何かあったのではないかと思っている」

拭き終わった皿を蓮弥へ差し出してくるアズ。

それを受け取って、ちゃんと水分が拭ききれているのを確認《かくにん》してから、インベントリに放り込む蓮弥。

「どうしたものかと思案している」

「先行したパーティはどちらも、俺達《おれたち》より格上の評価のパーティだからなぁ」

「我々が行ってどうこうなるとは思えないが、何もしなければここでピクニックの続きをやる以外なくなる」

「食材にはまだ、幾分余裕《いくぶんよゆう》があるがね」

事前準備の時間は、ほとんど食材の確保に費やした蓮弥である。

所持金は、魔石の売却額も含めて金貨3枚まで減っていたが、減った理由のほぼ全ては食材と器材を買い込んだせいだ。

わずかな残りの理由は、ローナが購入したロープや火口箱やランタン等の立て替えてもらった分の負担に消えている。

「こちらもだ。とは言っても固パンと干し肉の在庫しかないが」

味気の無い話だったが、それが本来は普通の冒険者《ぼうけんしゃ》というものだった。

装備や道具を重視して、食料はかさばらず重くないものを用意するのは合理性からいっても当たり前の選択だと言え、蓮弥のように生野菜やらミルクやらといったかさばる上に長持ちしないものを味重視で持ってくる方が本来はおかしい。

「それでピクニックは、ちと辛いんじゃないかな。うちの食材をアテにしてもらってもいいが、限りがある」

「アテに出来るならばしたいが、俺としても支払《しはら》うものが無くなってくる。つまりは」

「『行動を起こして埒《らち》を明《あ》かすしかないってことだな』」

同じタイミングで同じ台詞《せりふ》をはいて、蓮弥とアズはお互《たが》いの顔を見合わす。

しばし見詰め合って、また同じタイミングで視線を逸《そ》らした。

「なるほどなるほど、そういうのも悪くない」

「茶髪馬鹿と同じタイプの人間かも、とは思っていたのだが、どうしてどうして、物の分かる奴《やつ》が隣にいるのはいいものだ」

「なんでアレと同類項扱《どうるいこうあつか》いだよ？」

「パーティに女しかいないからだが？」

当然だろうとばかりに言い切られて、蓮弥は苦笑《くしょう》した。

女性ばかりのパーティには色々と問題があるのだろうが、それに男が一人入ってもやはり問題は残るものなのだと思わされる。

だからといって、男のメンバーを追加することには、ローナ辺りが大反対しそうで、実現させるのは中々難しそうではあったが。

「行動目標を決めるべきだ。闇雲《やみくも》に突っ込むのは趣味ではない」

「内部調査と先行パーティの確認。撤退《てったい》条件は……」

「先行パーティの安否がほぼ絶望的と見られる何かを発見した場合、もしくはその原因となった何かとの遭遇、だな」

アズが言い終えると同時に、最後に拭き終わった皿を蓮弥に渡した。

蓮弥はその皿の状態を確かめる。

水分の拭き取りは完璧だった。

実に良い仕事だと賞賛できる。

「それじゃまぁ、お仕事にかかりますか。格上のパーティが全滅してましたーって言うのは、お仕事放棄《ほうき》の理由としては十分だよな？」

口にはしないが、そうなってればいいなと言わんばかりの蓮弥に、アズが頷いてみせた。

「ああ、それを何とかしろと言うのは、死ねと命令されている事に等しいな」

「じゃあ決まりだな。シオン！　ローナ！」

名前を呼ばれれば、それまで地面に布を敷いて、すやすやと寝息《ねいき》を立てていた二人が素早《すばや》く半身を起こした。

それは反応の速さを褒《ほ》めたいような、名前を呼ばれてぴくっと耳を逆立てた猫《ねこ》のようだと形容したいような、そんな光景だった。

「支度《したく》してくれ、ダンジョンへ入る」

「こちらも準備しろ。レンヤ達のパーティと共闘《きょうとう》でダンジョンへ入る」

アズの号令一下で、メンバー達が武装を始める。

盾役を任されている彼《かれ》らの装備は、板金鎧に、分厚い盾だ。

非常に重装備だったのだが、蓮弥の目についたのは彼らの武器であった。

全員が、短く取り回しやすい小剣《しょうけん》を身につけていたのだ。

「意外か？」

蓮弥が目に留《とど》めたものに気がついたのか、アズが問いかけた。

しばらくその小剣に視線を合わせていた蓮弥は、やがて首を左右に振《ふ》る。

「よく考えられている」

しっかりとした造りの板金鎧を長剣《ちょうけん》辺りで叩《たた》いた所で致命傷《ちめいしょう》からは程遠《ほどとお》いダメージしか与《あた》えられないのは分かりきっていた。

人も鎧も一緒《いっしょ》くたにぶった切るような攻撃《こうげき》は、小説か漫画《まんが》の中でしかありえない。

通常、板金鎧を装備した戦士を相手にするのであれば、鎧のない隙間《すきま》を狙うか、衝撃《しょうげき》で昏倒《こんとう》させて止《とど》めを刺《さ》すくらいしか方法がないのだ。

それをこの４人は、各自の防御力で相手を抑《おさ》えて、取り回しやすい小剣で別の誰かが刺すと言う役割分担で戦うのだと蓮弥は推測した。

４人全員が防御《ぼうぎょ》に回る場合は、アズが魔術《まじゅつ》で攻撃をすると言うわけだ。

「俺達は騎士《きし》等ではないからな。戦い方には拘《こだわ》らない。誰かが足止めをしたら誰かが敵を減らす。これがちゃんと出来れば、何の問題も無い」

騎士云々《うんぬん》の話が出た所でローナが少しだけ顔を顰《しか》めたが、アズには気づかれなかった。

「レンヤ、準備完了《かんりょう》だ」

シオンが声をかけてきた。

いつもの巫女《みこ》服のような上下に鋼《はがね》の胸当てと鉢金《はちがね》。

鉄板入りのブーツと同じく鉄板補強の革の手甲《てっこう》と言う出で立《いた》ちは、実に和風でありなんだか自分よりもずっと日本人なのではないかと疑ってしまう蓮弥である。

ローナも馬車の中で見た武装姿でその隣に立っている。

二人とも背中には小さめのリュックを背負《せお》っていた。

中身は薬や包帯、水の入ったビン、携帯《けいたい》食料と言ったものだ。

蓮弥がいれば要《い》らないのではないかと思われたが、不測の事態に陥《おちい》って、はぐれてしまう可能性が無いわけではない。

蓮弥の虚空庫ばかりを当てにしていれば、本当に困ったときに手も足も出なくなる。

それらを見てから蓮弥は自分の装備をインベントリから引っ張り出した。

革の銅鎧と手甲は、店売りの質素なもの。

視界の邪魔《じゃま》になるので、兜《かぶと》の類は身につける気がない。

足にはブーツを履《は》いてはいるが、これはシオンやローナが履いている物とは異なり鉄板等による補強がされていない普通のものだ。

唯一《ゆいいつ》、踏み抜き防止に靴底《くつぞこ》だけは鉄板が仕込まれている。

武器は、キリエと交換した刀だ。

それを蓮弥がインベントリから出した時、周囲の視線がそれに集まった。

「なんというか、見たことの無い形状の武器だな」

「刀身が細いな？　きれいな形をしてはいるが……」

アズとシオンがそれぞれの感想を述べる。

そんな風に見えるのかな、等と思いながら蓮弥は街を出る前に調達した剣帯を腰《こし》に巻き、そこへ刀を吊《つ》るす。

帯と鞘《さや》は金具で繋《つな》がれており、必要な時は留め金に付いている突起《とっき》を指で強く弾けば帯から鞘が外れる仕組みだ。

この世界で流通している武器の種類からして、こう言ったギミックが仕込まれている物はないだろうと思っていた蓮弥であったが、意外と簡単に普通の店の中でこれは見つかった。

聞けば、武器を装備したまま水の中に落ちた場合等、すぐに除装する必要がある時に備えて、こう言った機構を備えた剣帯はそれなりに流通しているらしい。

用途《ようと》は違うが、十分実用に足る性能だったのですぐに蓮弥は購入した。

食材の購入後だったので、資金が足りずにローナに借りる羽目になったのは内緒《ないしょ》であったが。

「馬車はどうするんだ？」

「この辺りなら馬を襲《おそ》うような魔物《まもの》は出ないはずだ。杭《くい》につないだままにしておけばいい。大体2、3時間くらいで戻《もど》れば大丈夫《だいじょうぶ》だろう」

「そうか。それじゃ全員用意はいいな?」

蓮弥が声をかければ、各々が頷《うなず》く。

アズのパーティメンバーまで頷いているのを見て、蓮弥がアズの方を向いた。

そちらではアズまで頷いている。

「おい?」

「この場合、魔術師《まじゅつし》の俺よりも剣士《けんし》のお前の方がリーダーとして適している事は言うまでもない」

「なんで?」

「言うまでもないのだから、言わない」

文句があるかと胸を張るアズ。

これを信頼《しんらい》の証《あかし》と取ればいいのか、面倒《めんどう》ごとを押し付けられたと取ればいいのか。

良い方に考えれば、みんな幸せだよなと一つ息を吐《は》いて、蓮弥は言った。

「了解した。指示は俺が出そう。従えない時はいつでも言ってくれ」

「分かった、お前達《たち》もそれでいいな?」

アズが自分のパーティメンバー達に確認を取る。

彼らも不満はないようで、フルフェイスの鋼の兜《かぶと》が四つ、同じタイミングで上下した。

「よし、それじゃ灯《あか》りを準備したら……行くぞ」

前世も現世も合わせて、初めてのダンジョン行《こう》でリーダーやらされていいものなのだろうかと言う気持ちはおくびにも出さず、なるべく堂々と見えるように心がけながら、蓮弥は7人の仲間へと号令を発するのだった。

幕間　その2らしい

「主様《ぬしさま》！　みっしょんこんぷりーとですよっ！」

なんだかものすっごい馬鹿を丸出しにした声がして、私は作業中の頭を自分の周囲へ注意を向けることに使うことになった。

隣《となり》で黒いツインテールの、胸のうっすい小娘《こむすめ》が、手に竹刀《しない》をもってぴょんぴょん飛《と》び跳《は》ねているが、上下するたびに揺《ゆ》れる左右のしっぽがなんだかムカつく。

「誰だっけお前？」

「主様っ⁉　ギリエルですよ、ギリエル！」

「んー？」

目をくわっと見開いて抗議の声を上げる小娘に、記憶《きおく》の糸を手繰《たぐ》ってみる。

言われて見ればなんとなく、そんな名前の天使を一人、創ったような創らなかったような記憶が、あるようなないようなな。

「蓮弥《れんや》さんの守護天使に任命されたギリエルですっ！　忘れないで下さい！　そんな幼女

の格好して、頭の中老人並みのボケ具合って救いようないですよっ！」

「誰がボケ老人だっ⁉」

一喝して軽く力を当ててやれば、短い悲鳴を残してその姿が遠くに吹っ飛んでいく。

何気にそこそこ力のある天使だな、あれ。

消し飛ばすつもりで当てたというのに、しっかり存在が残ってる。

いやいまそれどころじゃなかったんだ。

どこぞの阿呆な管理者が、あろうことか元人間を不定形態の粘液生物に転生させて、別の世界に送り込んだと言う情報を掴んだんだった。

一体全体、何をどう考えたら、そんな愉快《ゆかい》……もとい非人道的な行いができるのか、その頭の中を構成物質の最小単位まで分割して見てみたい。

大体、人間というのは、大なり小なり差異はあれど、人間の形をしているから自我としてきちんと機能しているものなのだ。

これを例えばその辺の小鬼とか、人食い鬼に転生させるならば、まだかろうじてというレベルでだが、理解はできる。

一応、あれらも人の形をしている、と言えなくはない。

ドラゴンとかその辺もまぁセーフだ。

形は違えど頭、首、胴体、足があって、手っぽいものもある。

物凄《ものすご》く大雑把に言えば、同じ構成をしていると言い張れないことも無い。

しかし、粘液生物。

これはダメだ。

感覚器の形態からしてまるで違《ちが》う。

人間は皮膚、目、耳、鼻、口なんかで周囲の刺激を感じ取って感覚と称しているが粘液生物は、身体全体がいわば感覚器と言える。

人間で言うなら、目で匂《にお》いを感じたり、鼻で物を味わったりするようなものだ。

尚且《なおか》つ、粘液生物には手も足も何も無い。

少々話がズレるかもだが。

ちょっと科学なんてものが進んだ世界になると、人から脳みそだけを抽出し、これを機械の身体に入れて、そこそこ長い寿命を得ようなんていう研究をしている世界もあることにはあるんだが、大体失敗している。

これは諸説色々あるんだが、実際の所は人の精神が機械を自分の身体と認識することができず、崩壊してしまうせいなのだ。

内臓の代替信号でなんとかーなんてレベルの話ではないのである。

これを、粘液生物に当てはめてみれば、この生物には内臓も何も無い。

全身で捕食し、全身で咀嚼し、全身で消化する生物なのだ。

当然、そんなものにぶち込まれてしまった人間の精神は、緩やかにか即時にかは知らないが、確実に崩壊する。

崩壊するはずだったんだけど……なんかこいつ妙《みょう》に粘るな？

元々、あんまり自分というものに拘らない性格だったとか、自堕落に食っちゃ寝を繰《く》り返《かえ》す人間だった頃《ころ》から粘液生物とそう変わらない生活を送ってたとかか？

というか、ある程度順応し始めてる気が……ってああ、やっぱりダメだ。

ちょっと時間を早回しにしてみれば、一応自我としては確立したようだったが、あちこち精神に綻びが出始めている。

元人間であるはずなのに、同じ人間を食うことになんの躊躇《ちゅうちょ》も無い時点で、あれはもう特級の危険生物に成り果てている。

なんか知らんが、女性ばっかり食ってるみたいなんだが……どうせ同じたんぱく質なんだから、味に男も女も差なんてないのになぁ、あれ。

粘液生物なんて名前だから、大方の管理者達はそれを下等でどーでもいい生物だと認識している節があるのだけれども、あれは知恵が無いおかげでなんとか世界の存在というものに関わらずに済んでいる、イレギュラーな存在なのだ。

考えても見て欲《ほ》しい。

自我も本能もほとんど持ち合わせがなく、機械的に近くにある食べ物を食べて、体積が増えたら分裂して数を増やす。

劣悪な環境《かんきょう》でも、そこそこ生き延びる上に、寿命の概念があるんだか無いんだか分からない。

……あれ、設定したっけ？

ちょっと、随分《ずいぶん》昔のことだから私も忘れてしまった気配が……ああもう調べるのも面倒だから、放置するけどさ。

んでまぁそんな物に、多少壊れたとは言っても人間の精神なんかがハマってしまったら一体どういうことになるのか。

最悪、自己保存と自己繁栄の本能に従って、食って増えてを繰り返して、その世界が粘液生物に覆い尽くされる。

実際、過去に似たような事をして、一つ世界が滅びた事もあるんだ。

だから、絶対にしないようにって、通達出したはずなんだけど、数千年も前の通達じゃ覚えてないコも出てくるかー……。

とりあえず、一国を飲みつくす程《ほど》に成長しちゃったそれはきちんと焼却処分にするとして、やった管理者は、以前滅びた粘液生物に満ち満ちた世界に突き落としておく。

いや、何かに使えるかと思って、廃棄《はいき》はしてなかったんだよね。

世界中が粘液にまみれたとはいっても、お互いがお互いを食い合って、減っては増えを繰り返すだけなので維持《いじ》するのに手間もないし。

馬鹿《ばか》な管理者とは言え、一応は管理者。

粘液に身体の隅々《すみずみ》まで舐《ねぶ》りつくされても死ぬことはあるまい。

数百年たって覚えてたら、救出してあげよう。

「主様ーっ！　殺す気ですかーっ⁉」

どこまで飛んで行ったのか知らないが、服のあちこちをぼろぼろにしながらようやく黒《くろ》髪《かみ》ツインテールが戻ってきた。

一仕事終えた私は、はっきりといい笑顔《えがお》でそれを出迎《でむか》える。

「おかえりっ！」

「おかえりっ！　じゃないですよっ！　危なく次元の壁越えて、どこか知らない所に落ちかけたじゃないですか！」

「どこか知らない所じゃなくて、そこはタダの虚無だよ。落ちたら消滅《しょうめつ》」

「さらっと恐《おそ》ろしい事言わないでください！」

「まぁまぁ、で。誰だっけ？」

「ギリエルだって言ってるでしょうがっ!?」

ギリエルと言う名前には最近聞き覚えがあったような気がする。

えーと確か……。

「貴方《あなた》が選定した馬鹿な管理者のおかげでリソース不足に陥った世界に、リソースもって転生した功刀《くぬぎ》　蓮弥さんの守護天使に任命されたギリエルですっ！」

「ああ、説明ご苦労」

そう言えばそうだったと思い出す。

あの世界はそこそこ上手に回ってる世界なので、潰れてしまうのは勿体《もったい》無い。

人間にばかり世話をかけるのも心苦しいので、あそこの管理者にはストーカー被害《ひがい》かっていう程のしつこさで連絡《れんらく》を送り続けている。

最上位者からの連絡だから、管理者ごときに受け取り拒否《きょひ》はできない。

返信こそ返って来ないが、ひたすら送りつけられるクレームメールに身も心も疲弊しきるがいい。

「で、ミッションって？」

「蓮弥さんの竹刀の回収に成功しました」

「おー、お疲れさん。それで代わりも渡《わた》してきたの？」

「はい、しっかりと日本刀です！」

「太刀《たち》？　打刀《うちがたな》？」

「へっ？」

自慢げだったギリエルの顔がきょとんとしたものになるのを見て、私は溜息《ためいき》をつく。

「太刀と打刀では用途が全然違う。どっち渡したの？」

「えーと……？」

視線を泳がせながら、なんと答えたらいいか分からずに、冷や汗をかき始めるギリエルを見ながら、嫌がらせはこんなもんでいいかな、と思う。

「違いについては自分で調べなさい。……どこから調達した刀？」

「元の世界の蓮弥さんのお墓に収められた遺品から失敬しました」

それは元の世界で墓泥棒騒《さわ》ぎになるんじゃないか、と思ったけれども、別になっても問題ないからいいかーと放置する。

「でもまぁ、遺品からか……中々にナイスなチョイスだね」

「ええ、蓮弥さんに縁故がある品物でしょうから」

結びつきのある品物と言うのは、使いやすさはもちろんのこと、持ち主に色々な恩恵《おんけい》を与えてくれることもある。

そういった意味では、墓を暴いた行為《こうい》の是非はどけておくとして、ギリエルの選択《せんたく》は良いものと言える。

「これでビジュアル的な問題は解決ですね！」

「ビジュアルはともかくとして……ちゃんとした武器を渡せたのは幸運かもね」

ビジュアル云々《うんぬん》は自分が言い出した事だったような気もしたが、それよりも別な問題が発生しており、私は深く息を吐く。

頭の片隅《かたすみ》で粘液地獄に落とした某管理者からの救助依頼《いらい》が連呼されているが、これはしっかりと無視。

金髪《きんぱつ》巨乳天使の粘液責めなんて私が見ても別に嬉しくもなんともないわけで……

嬉しくもなんともないけど、映像に残しておいたら売れるかもしれんな。

早速《さっそく》、考えうる限りの方法、角度でもって映像の保存を……

「主様？」

「あ？　ああ、ちょっとね、いやそれはともかく。蓮弥さんを送り込んだ世界でちょっと妙な動きがね」

「動きですか？」

「んー。なんか……管理者達がねぇ……」

私からの連絡を無視し続けているのは、平常運転と言える。

それ以外の所で、なんだか妙な動きがあるのに私は気づいていた。

「5人いる管理者のうち、4人が、自分の担当する種族達への干渉《かんしょう》を強め始めたみたいなんだよね」

「一人取り残されてるのは？」

「人族の担当者。でもあのコはいっつも貧乏《びんぼう》くじ引かされる立場だからねぇ」

「それはなんでまた？　主様が不運の特性つけたとか？」

誰《だれ》がそんなものわざわざ作って世界の管理者にくっつけるか、と言い返そうとしたが主様のいつもの行動から考えますとー的に日頃の行いが悪いと言われてしまうと、負けた気がするので見送る。

「人族は年中発情期で、さくっと増えるからね」

他《ほか》の四つの勢力は、下手をすると数が減ったらそのまま絶滅する恐れがある。

その点、人族は結構しぶとく生き残ってえらい速度で増えるので、あの管理者達の陣取り合戦の、初期の被害者として選ばれることが多いのだ。

そして、今回もなんだか、そんな気配と言うか匂いがし始めたようなのだ。

「当事者にとってはたまったもんじゃないんだけどねぇ」

「蓮弥さんが危ないかもしれないのですね。こうしてはいられません」

持ってきた竹刀を私に押し付け、ギリエルは踵《きびす》を返した。

「守護天使のお仕事をせねばっ！」

「はい、がんばって。いってらー」

遠ざかっていく背中に、おざなりに声援など送ってみた。

リソースを持たせた蓮弥には、長生きしてもらわないと色々困るが、その辺りはあのコに任せておけば、酷《ひど》いことにはならないかと思ってる。

名前をつけたばかりだったが、それなりの力は与えてあるし、権限の方も実はあの世界の管理者並みのものを付加してある。

本人には言ってないけど。

一応竹刀を確認する。

ちゃんと破壊《はかい》不能属性は消えていた。

渡してきた刀にきちんと移動させてきたようだ。

アーティファクトの刀一本、品物としては破格の性能を誇る武器だが、それ一つだけで大きな動きを見せ始めているあの世界を渡りきれるものだろうか。

「あー！　もー！　なんで心配事と仕事ばっかり増えるのさーっ⁉」

ストレス発散の為《ため》に、先程《さきほど》一人管理者を落とした粘液地獄に、あの生物達用の適当なご飯をぶちまけて、粘液の量を増やしてくれると固く心に誓う幼女であった。

もっとも、その行為自体が自分の仕事を一つ増やしているという事には全く気が付いていないわけだが。

第四章

初ダンジョン、だがなんだかおかしいらしい

一口でダンジョンといってしまっても、人が頭の中で想像するそれに対するイメージは様々であり、一概《いちがい》にこれ、と言うものは無いと蓮弥《れんや》は思っている。

しかしながら、大体は岩肌《いわはだ》がむき出しであったり、土壁であったり、人の手によるものであれば、石のブロックが通路を形成していたりと、なんとなくそんなものかなぁと言うイメージはあるはずだ。

ただ一つの単語を耳にするまでは。

自然発生型の成長するダンジョン。

蓮弥には想像ができなかった。

そもそも、生物ではないはずのダンジョンが、年月を経るに従って広く深く成長していくと言うのは、一体全体どういう現象なのだろうか。

少なくとも、無機質な石壁に起こる現象ではない。

だから蓮弥は、そのダンジョンに潜《もぐ》るまでは、もしかしたら内部は生物の内臓のような

様相を呈しているのではないか、と思っていた。

それならば、気色の悪さはゲージを振り切れるほどだが、成長すると言われてもなんとなく理解できそうな気がしたからだったが、いざ実際に潜ってみるとそんな想像はあっさりと裏切られていた。

これもまた、なんでこんなものがあるのか分からない階段を降り、ダンジョン内部に降り立った蓮弥は、周囲の状況を観察して拍子抜《ひょうしぬ》けしたように呟《つぶや》く。

「なんだか、普通《ふつう》の穴だな」

壁はむき出しの土壁のようだったが、触《ふ》れると妙に硬い。

表面が何かでコーティングされているようで、拳《こぶし》で叩《たた》いてみても崩れるようなことはなかった。

広さは目測で縦横3ｍくらいの普通の穴だ。

それが松明《たいまつ》の灯りが届く範囲《はんい》よりずっと先まで伸《の》びている。

「何を想像していたのだ？」

蓮弥の隣にいたシオンが尋《たず》ねる。

蓮弥は、共闘状態にあるアズのパーティを加えた8人のパーティを前衛2、中衛3、後衛3で割り振っていた。

もちろん前衛には自分が立つと蓮弥が言うと、二人目はシオンが立候補し、これは即受け入れられた。

中衛には回復担当のローナと火力担当のアズに護衛が一人。

残る護衛の3人が後衛を務める。

歩き出しながら、なんと説明したものか言葉をまとめてから蓮弥は。

「いやね、成長するダンジョン、潜ろうって言うから、なんかこう生物的なものを……」

「誰がそんなダンジョンだって思うんだ……?」

嫌《いや》そうな顔のシオンに、確かにそうだよなと思う蓮弥。

いくら金になるからと言って、生物の内臓みたいな通路に潜れと言われて潜りに行く物好きは、そんなに多くはいないだろう。

「通路の一部がな、少しずつ崩れていって通路を作るんだ」

二人の背後からアズが口を挟《はさ》んだ。

「誰が掘っているわけでもないんだが、少しずつ通路が延び、枝道が出来て巨大なダンジョンへと成長する。通路が膨らめば部屋となり、そこに宝物が置かれたりするんだ」

「誰がそんなものを置くんだ?」

「諸説あるな。魔物が置くと言う者もあれば、コアがなんらかの方法で配置している、或《あ》るいはその両方ではないか、と言われている」

ダンジョンからしてみれば、無制限に手当たり次第《しだい》略奪されても困るが、逆に誰も訪れてくれなくても困るわけで、そのあたりの采配は、コアに意思があるのではないかとも言われている。

「アズ先生は物知りだな」

肩越《かたご》しに振り返り、茶化すように蓮弥が言うと、アズは怖い顔をして蓮弥を睨《にら》んだ。

「雑談も結構だがな。周囲に注意を払うのを忘れるな。このパーティは盗賊《とうぞく》がいないのだからな」

「はいはい……」

蓮弥は視線を前方へ戻す。

やれやれと言った顔でアズが息を吐いた。

実際はアズも蓮弥も、盗賊が必要になるような状況にはならないだろうなと予想している。

潜っているダンジョンの年齢《ねんれい》が若いということが一つ。

それと、先行して二つのパーティが潜っているということが一つ。

盗賊が前を行かされるのは、主に通路に罠《わな》が仕掛けられていないかどうかということを調べつつ進む為であるが、もし罠が存在するのであれば、先行しているパーティが無力化しているか、気づかずに引っかかっているかのどちらかの公算が高いからだ。

「成長するダンジョンの通路に罠があるっておかしくないか？」

「それは知らん、コアにでも聞け」

あるんだからしょうがないだろうと言いたげなアズだ。

理屈《りくつ》をこねくり回しても実際あるものはあるとして理解しなくてはいけない。

「お二人とも、先に部屋のようなものが見えますよ」

ローナの声で雰囲気《ふんいき》が引き締まる。

切り替えの早さは、さすがに冒険者を生業としている人達なのだなぁと蓮弥一人が暢気《のんき》に構えているが、その左手は油断無く刀にかけられていた。

「部屋？」

「通路が太くなれば部屋になるだろう？　扉《とびら》はないぞ」

答えたのはシオンだ。

「……生物の気配はないけどな？」

「分かるのか」

「なんとなく、ね」

通路が急に広くなり、開けた場所に出た。

前衛の二人が油断なく、そこへ入り、油断なく周囲を見回す。

シオンは既《すで》に武器を抜き放っているが、蓮弥は刀は抜かない。

抜くと言う動作自体が、攻撃に繋がるからという理由もあるが、刀は斬る為に抜くものであり、ぶらさげて歩く物ではないと言う感覚が、頭のどこかに残っているような、そんな気がしていたからである。

「誰もいないな？」

確認《かくにん》するようなシオンの声。

頷くことで返事をしながら、蓮弥の目は床の一点に染みのようなものを見つけていた。

松明の揺れる灯りでは、床の上のそれは詳《くわ》しくは見えない。

火を近づければ、熱で変質する可能性もある。

なるほど、こういう時に〈光明〉の魔術を使うのか、と納得《なっとく》しつつ、蓮弥はその染みの近くに魔術を行使した。

「なんだ？」

突然《とつぜん》床の近くの空間が光を発したのに気づいたアズが、その下にある染みを見る。

床も土が剥《む》き出《だ》しになっているが、その部分は明らかに色が変わっていた。

た。

「たぶんな。誰かがここで怪我《けが》をしたか……魔物を倒したかだな」

染みは薄くなってきているとは言っても、両手を広げたくらいの広さの範囲に及《およ》んでい
それだけの広さの染みを作るほどの出血だとすれば。

「怪我ならヤバい量だと思うがなぁ」

「ダンジョンに大方吸収されてしまっているから、人か魔物かまでは分からんな」

なんだか物騒な言葉を聞いたような気がして、蓮弥はまじまじとアズの顔を見てしまうが、言ったアズの方はなんでもないような顔をしている。

「見るのは初めてか？」

「ああ、こうやって吸収して成長する力にするのか……」

「そうだ、死体も血も、時間経過で消える」

話には聞いていたが、実際目にするのとは全く受ける衝撃が違う。

改めて、元の世界とは違う所に来たんだなぁと思う蓮弥であったが、その衝撃を他のメンバーは違う意味に捉えたらしい。

「レンヤ、一度戻《もど》るか？」

心配そうに声をかけてきたのはシオンだ。

床の染みを見つめて微動だにしていなかった蓮弥の肩《かた》に手をかける。

「考えて見ればレンヤには初めての経験だ。ショックを受けても仕方ない。一度戻って明日もう一度アタックしても……」

「ん？　あぁ。大丈夫だ。びっくりはしたが別にショックは受けてない」

シオンの肩をぽんぽんと叩き、様子を見守る他のメンバーには軽く笑いかけてなんでもないことをアピールする。

アピールしながら、腹の中では表情やタイミング一つでパーティ内の雰囲気を変えてしまうリーダーというのは、中々に面倒なものだなと思っているのだが。

「そう、か？　大丈夫ならいいが、何かあったら言ってくれ」

「心配してくれた事は嬉《うれ》しいよ、シオン。でも大丈夫だから」

なるべく優しく聞こえるように、声音《こわね》に気をつけながら蓮弥が言うと、シオンはようやく納得したのか、蓮弥の肩からどこか名残惜しそうに手を離《はな》し、また武器を構えて周囲の警戒を始める。

床に魔物か人かは分からないが、血らしい染みがあると言うことは、今蓮弥達《たち》がいる場所で何かがあった、と言うことだった。

そしておそらくそれは戦闘によるものであろうことも予想がついた。

「やっぱり何かいるんだな」

「当たり前だろう、それがダンジョンだ」

何をいまさらと言わんばかりのアズに苦笑《くしょう》を返す。

「とりあえず進むか。これだけじゃ逃《に》げる理由としても薄そうだしな」

「死体でも落ちていれば十分だったんだがな」

蓮弥もアズも、既にダンジョンを攻略《こうりゃく》するつもりは全くなかった。

ただ、依頼遂行《いらいすいこう》が無理でしたと報告するだけの証拠があればいいな位にしか思っていなかったのである。

「こんなにやる気のないダンジョン行は初めてだ……」

シオンがなんとなく疲れたような声を上げるが、パーティ内からは苦笑以外の返事はなかった。

誰もが先に行ったパーティの強さを知っており、彼《かれ》らが帰ってこない以上は自分達ではどうにもならないことを十分分かっていたからである。

「レンヤよ」

松明を持ち、一人でその部屋の出口付近を窺っていたアズが蓮弥に呼びかけた。

「この先に……扉がある」

「は？」

「この部屋の出口から出てすぐの所に扉がある」

手招きするアズの傍《かたわ》らまで行って、指が指し示す方向を見れば、蓮弥達がいる部屋の出口の先、わずかばかりの長さの通路のその先、ぎりぎり出口に立って松明を掲げれば光が届くような距離《きょり》に、くすんだ灰色の扉があるのが見えた。

縦横3ｍくらいの通路全《すべ》てを封じるような大きさで、中央から両開きにするタイプの扉であったが、ある場所がおかしい。

「なぁ、若いダンジョンにあんな立派な扉があるのって普通なのか？」

「年老いたダンジョンであれば、魔物が作って設置することはあるようだが……このダンジョンくらいの若さではありえないな。第一、我々が通ってきた道は一本道だぞ？　部屋は今いるこれが一つ目だ。そんなダンジョンの二つ目の部屋にあんな扉があるなんて、あからさまにおかしい」

「そういう情報は先行のパーティの奴《やつ》らも？」

「ハルツのパーティなら間違《まちが》いなく分かる。……茶髪《ちゃぱつ》のパーティまでは知らん」

よっぽどハーレムパーティに嫌な思い出でもあるのか尋ねたくなるようなアズの反応だ

ったが、今はそれどころではなかった。

全員を部屋の入り口の方に集めて、蓮弥ははっきりと言い切った。

「帰ろう」

「「「「え？」」」」

蓮弥を除く全員の反応が揃った。

構わずに蓮弥は続ける。

「これは危ない。絶対に何かある。この部屋を出るとすぐに扉があるんだが、どう考えてもその扉を開けるのは危ない。俺《おれ》のカンがそう言ってる」

危険感知みたいな技能があるのなら、もらってくるんだったと後悔する蓮弥だったがいまさらどうすることもできないし、そういう技能を持っている者も、このパーティの中にはいないようだった。

「賛成したい所だがな……」

アズが考えをまとめながら言う。

「俺もおかしいとは思うが。扉があったから帰って来ましたではギルドへの説明がつけられない」

「開けたら最後のデストラップって可能性もあるだろう？」

「扉があるのはおかしいが、そんな強力な罠があるのはもっとおかしい」

「レンヤ、流石《さすが》に何も調べず、怪しそうだったから帰って来ましたでは、依頼を受けた意味もないし、ギルドだって重いペナルティを出《だ》さざるを得なくなる」

アズとシオンの言葉に、蓮弥は考えてしまう。

この辺りが冒険者《ぼうけんしゃ》としても自覚のある無しの差なのだろうかと。

もちろん、蓮弥自身は冒険者の自覚が無いと思っている。

だからこそ、ギルドのことなんてどーでもいいや位にしか考えておらず、想定外の危険を感じた今、迷うことなく撤退《てったい》を選んだ。

しかしそれは、冒険者の自覚があるらしいアズやシオンからすれば受け入れ難《がた》い提案である、ということだ。

「開けたら終わりな気がするんだよなぁ……」

「ならばレンヤ。こうしよう」

アズが煮え切らない蓮弥を見かねたのか、一つ提案をした。

「俺達《おれたち》が前衛をする。レンヤ達《たち》がバックアップ担当というのはどうだ？」

「いやそれは……」

「レンヤがなんと言おうとも、俺達はあの扉を開けてみる。そうしなくては戻《もど》るに戻れないのが冒険者と言う職業だ。レンヤがバックアップを断るのなら、俺達だけで調査するがどうする」

「ぬぅ……」

「レンヤ。私達はリーダーである君の判断に従う。だが、ここでアズ達を放って帰ると言うのは……あまり褒《ほ》められた行為ではないと思う」

「ぐぅ……」

蓮弥には返す言葉がなかった。

たしかに、引き受けた仕事はそれなりの成果を上げて初めて評価されるものであり、自分が今主張しているのは、それの放棄《ほうき》に他ならない。

だが、自分のカンがあの扉の先が危険だと言っているのも確かなのだ。

それがわかっているのに、アズのパーティを先行させると言うのは、死地と分かっている所に知り合いを踏み込ませるような気がして、蓮弥にはできそうになかった。

「分かった。先へ進もう」

結局、メンバーを説得しうる言葉の持ち合わせがない以上は進む以外の手がない。

そう判断した蓮弥は肩を落として溜息をついた。

「但し、あの扉は俺一人で開ける。シオンとローナはアズの護衛。残りの4人は後衛として背後に気をつけてくれ」

「レンヤ⁉」

悲鳴に近い声を上げたシオンを手で制して、蓮弥は力なく笑った。

「俺はやっぱりこの先に進むべきではないと思う。思うんだが、お前らを説得できない以上は、どうしようもない。だったら、俺があそこを開けて危険かどうか調べる。それ以外に取れる方法がない」

「レンヤ、先程も言ったが俺達が前衛を……」

「それはできない」

アズの申し出を、蓮弥は断る。

「俺はあの先が命に関わるような危険だと思っている。思っているのに、そこにお前らに行けとは言えない。だからあそこを開けるのは俺だ。それが飲めないなら引き返す事に同意してもらう」

これだけは譲れない部分だと言い放って、蓮弥はパーティメンバー達の返答を待った。

議論は紛糾した。

行くならば先に行かせろと言う蓮弥と、退くわけにはいかないが、蓮弥一人を先行させることについては了承《りょうしょう》しかねると言うシオンとアズの間で、話が平行線になったせいである。

一応、アズには最終手段として、蓮弥のパーティとの共闘《きょうとう》状態を解消し、自分達のパーティのみで強行するという手段が残されていたが、現状では蓮弥が退くとは言っておらず、さらにローナとシオンによるバックアップも断っていない状態なので、強く出づらい状態にあった。

アズとしても別に、蓮弥と喧嘩《けんか》がしたいわけではないのだ。

それどころか、なるべく良好な関係を維持したいと思っている。

それほどに、蓮弥の虚空庫《こくうこ》と言う技能の利便性に感化されたというか、蓮弥の食に対する執念のようなものに影響《えいきょう》されたというか、ぶっちゃけた話、胃袋をわしづかみにされてしまったというか。

とにかく、関係の悪化は避《さ》けたいが、かといって蓮弥の言うように退くことにも同意できなければ、妥協案というものを示さなくてはならない。

「では、蓮弥を先行させると言うのはとりあえず飲もう」

「他人のパーティだと思って、何言ってくれちゃってますかこの陰険魔術師《まじゅつし》は！」

よほど頭に血が上っていたのか、声を上げたシオンのしゃべり方に蓮弥は驚《おどろ》いた。

いつもの武人っぽいしゃべり方ではなく、年相応の少女のしゃべり方だったからだ。

「シオン、言葉遣い……」

ぼそっと耳打ちされて、口を押さえるシオンを横目で見ながら、自分がそんなに陰険に見えるだろうかという疑問にアズは首を捻《ひね》った。

目つきが悪いし、顔はやせこけているし、笑うのが苦手で表情があまり表に出ない。

なるほど、陰険といわれても仕方ないなと納得してから、アズは話を続ける。

「ただ、一人で行かせるのはやはり飲めない。お前を先頭にして俺とそこの二人のお嬢さんの4人で前衛とし、うちの残りのメンバー4人で後衛を務める形でどうだろうか」

「そ、そうだレンヤ。それならばキミの言い分も通っている。私達もすぐにレンヤのフォローに入れるし、背後の憂いもなくなる」

アズの提案に、慌《あわ》ててシオンが乗っかった。

パーティを二つに分けるような提案は、蓮弥からしてみればあまり歓迎《かんげい》したくない案ではあったが、それ以上はゴネても話がまとまらないだけだと思えた。

さらに、蓮弥には心配なことが一つ発生していたと言うのも、結論を急ぐ原因となっており、それにはローナも気がついたらしい。

「突入前に護りの法術は使えるだけ使います。ですが……扉の前でこれだけ大騒《おおさわ》ぎして誰も出てこないと言うのは扉の向こうに何も居ないってことじゃないでしょうかねぇ」

可能性は二つあった。

分かっているくせに、その可能性のうちの楽観的な方をわざと口にするローナに、蓮弥は声を上げて笑った。

「もし扉の向こうに何もいなかったら、ビビリでヘタレのリーダーが騒がせやがってと笑い話にすればいい」

そう言った蓮弥であったが、もう一つ考えられる可能性の方が真実であった場合、笑ってなどいられなくなる。

それは、扉の向こうにいるかもしれない何かが、こちら側の行動など歯牙にもかけない程の強力な存在であった場合だ。

蓮弥達がどんな準備をしようが関係ない。

逃げるならば勝手に逃げればいい。

それくらいの関心しか示さないような強力な何か。

その可能性には、どうやらローナも気がついているようなのだが、そんな様子は見せずに、パーティメンバー各自に順番に法術をかけて回っている。

「〈防御《ぼうぎょ》〉と〈治癒加速〉くらいしかありませんが……」

「十分だ。行き渡ったら開けるぞ。後衛は背後に注意してくれ」

全員が頷《うなず》くのを見て、蓮弥は扉に両手をかけた。

一瞬《いっしゅん》、鍵《かぎ》が掛かっていてくれれば、開きませんでしたと帰れるのにな、等と思いつつ力を込めれば、扉がゆっくりと開き始める。

「うっ⁉」

誰かが思わずといった声を上げた。

わずかに開いた扉の隙間《すきま》から、流れ出てきたのは強烈な腐臭。

鼻をつく、吐き気を催す異常な臭《にお》いを、両手を扉にかけていた蓮弥は、顔をかばうこともできずに、まともに受けてしまう。

背後に控えるシオン達は、思わず空いている手で口元を押さえた。

さらに背後にいる護衛達からも、呻《うめ》き声《ごえ》が上がるが、蓮弥は構わずに扉を開け放つ。

自分でも意外だったが、他のメンバーが思わず口を覆い、進む足を止めてしまうほど強い腐臭だと言うのは分かるのに、さしてそれを気にしていない自分がいた。

慣れているのだろうか？

そんな疑問を覚えつつ、蓮弥は開け放った扉をくぐる。

一拍遅《おく》れてシオンが続き、松明《たいまつ》を掲げながらローナとアズが中へ入った。

そこは、一つ手前の部屋に比べるとかなりの大きさを誇る空間だった。

まず明るい。

おそらくは松明の灯《あか》りだけであったのならば、その広さが分からなかったであろう位の広さの部屋だったのだが、天井自体が淡く光を放っており、部屋全体をそれなりの明るさで満たしている。

周囲の壁は、それまでの土壁とは異なり、漆喰《しっくい》を塗ったような真っ白な壁だ。

その中央には、何かの冗談のように、黒檀《こくたん》の机が一つ置かれており、椅子《いす》に腰《こし》掛けて何かを一生懸命書《か》き綴《つづ》っている姿が見える。

一見して、扉を開けた時に感じた、腐臭を放つものは見当たらない。

だが、この時点で蓮弥の警戒レベルは最大値を振り切っていた。

部屋の中央で、何かを書いている人物から感じる威圧感。

油断なく、鞘《さや》を握《にぎ》る左手の内がじっとりと汗ばんでいく。

「何者だ……?」

その威圧感は、蓮弥の背後のアズ達にも届いていたのだろう。

掠《かす》れた声で問いかけるアズに、物を書いていた人影の動きが止まり、ゆっくりと机の上から視線が、部屋の入り口に立ち尽くす蓮弥達へと向けられる。

それは、蓮弥から見て異様な風体の男だった。

髪《かみ》は薄紫色できれいに後ろへとなでつけられており、耳はやや尖《とが》っていて長い。

肌《はだ》の色は濃《こ》い褐色。

蓮弥達に向けられた瞳《ひとみ》は、人の物とは異なり、瞳孔がアーモンド形だ。

身に纏《まと》っているのは白衣のような衣服で、それがその男の印象をさらに怪しげなものにしている。

「おやおや、騒がしい客だな。招待した覚えはないのだが」

首をほんのわずかに傾げ、男が発した声はやや甲高く耳障りなものだった。

その顔を正面から見たローナが、あえぐような声を出した。

「あれは……魔族《まぞく》……」

「魔族？」

もちろん、蓮弥は初めて見る種族だ。

この世界に来る前に、あの幼女から大陸中央部に生息している種族だとは聞いていたが、その魔族が何故《なぜ》人族の大陸の、しかもダンジョンの中にいるのかと言う疑問が湧いてくる。

「レンヤ、お前が正しかった。こいつは絶対にヤバイ。逃げなくては」

アズの声も、いつもの落ち着きを失い、焦《あせ》りだけが色濃い。

一人、微妙《びみょう》に状況が理解できていないシオンだけが、二人の焦り具合を見て、何が起こっているのか分からずに、剣《けん》を構えたまま、視線を魔族と蓮弥の間で行ったり来たりさせている。

「そんなに早々、退場しなくてもいいだろう?」

笑いを含《ふく》んだ声。

言い方や男の表情は、柔《やわ》らかく親しげであるが、そこに含まれている感情は、それらとは全く逆を行っている事を蓮弥は察している。

それは人に向けるような感情ではない。

「俺としては、聞く事だけ聞いたら、退散したい気持ちなんだがね」

「ほぅ?　何が聞きたいのかね?　一応聞いてあげよう」

「先にここに冒険者の一団が2セットほど来ただろう?」

「冒険者?　そんなもの、来たかな?」

魔族の男は、考え事をするかのように胸の前で腕《うで》を組むが、すぐに頭を振った。

「いや、私の覚えている限りそんなものはここへは来ていないな」

「一本道だぞ。来ていないわけがない」

身構えながら言うアズに、魔族の男は困ったような視線を向けた。

「そうは言うがね。来ていないものは来ていない。そうとしか答えられないじゃないか?」

「質問を変えようか」

アズへの返答を聞いて、蓮弥の警戒が既にゲージを振り切れているというのに、そのさらに上の段階の警戒を要求している。

それは、目の前の存在が、蓮弥が想像していたどんなものよりも危険であることを示していた。

「ここに、玩具か材料が11個ばかり転がり込んで来ただろう?」

ぎょっとした表情で蓮弥を見るパーティメンバー達。

その視線に気を払う余裕《よゆう》も無く、蓮弥は魔族の男を見つめている。

しばし、蓮弥の顔を表情も変えずに見つめていた魔族の男であったが、やがてにんまりと笑顔《えがお》を浮《う》かべると、胸の前で組んでいた手をほどき、その手のひらをこすり合わせた。

その仕草が、どこかハエを想像させて、蓮弥は顔をしかめる。

「お前は面白《おもしろ》い奴だね」

手をこすり合わせるのを止めて、魔族の男は椅子を引いて立ち上がる。

それほど背丈の高い男ではなく、ひょろっとした印象を受ける体つきだったが、それらはそれまで蓮弥達が感じている危険度をいくらも緩和してはくれなかった。

「玩具ね、玩具。その問いにならこう答えてあげようか」

両手を広げて机から離れ、蓮弥達には全く気を払わずに、魔族の男は壁際までゆっくりと歩み寄る。

まるでどこかの役者のように、壁際でくるりとターンを決めて、男は真っ白な壁に手をつけた。

硬いはずの壁が、ほんのわずかに窪《くぼ》んで男の手が壁に沈む。

「その玩具とは、これのことかね？」

ずぶりと男の手が壁の中に完全に沈みこんだ。

何をやっているのかと、蓮弥達が見守る中、男はしばらく壁の中をごそごそとまさぐっていたが、やがて目的のものを見つけたのか、それを掴んでずるりと手を引き抜いた。

その手に引きずり出されたものは。

「あれは……ハルツか⁉」

声に確かな恐怖の感情を込めて、アズが一歩後ずさった。

シオンの剣を握る手がかたかたと震えだし、ローナは両手で口を押さえて悲鳴を噛み殺す。

蓮弥は、思わず刀を抜き放ちかけて、思いとどまる。

「ぉ……ぁぅ……た、たす……け……」

壁から、刈り込んだ短い金髪《きんぱつ》を鷲づかみにされて、引きずり出されたのはハルツの頭であった。

うつろな瞳に、助けを求める言葉を垂れ流す半開きの口。

その顔の右半分は、うつろでありながらまだ人の面影を残してはいたが、左半分は半分溶けかけて爛《ただ》れており、筋肉の繊維《せんい》の隙間から骨がのぞいているという有様。

その異常さに、蓮弥達は凍りつく。

「なんだか朝から立て続けに生きのいいのが転がりこんで来てね」

ハルツの金髪から手を放した魔族の男は、また別の壁に手を突っ込んだ。

その手が引っ張り出したのは、茶髪がまだかろうじて残っているが、ほぼ骨と化した人間の頭。

おそらくは、ゼストなのだろうと思われたが、当然その面影はもう残っていない。

「こいつらは実にいい材料だ。遊んで楽しく、適度に頑丈。しかもすぐ増える」

真っ白な壁から次々と、人の頭だけが浮かび上がってくる。

それらはハルツやゼストと同じように、わずかばかり人間だった頃《ころ》の名残を残してはいたがほとんどは溶《と》けて爛れて崩れかけており、正視に耐《た》える様子ではない。

その数、確かに11。

「我々にも色々と事情があってね。研究と素材集めと、幾分《いくぶん》の趣味《しゅみ》の為《ため》に、人里近い所にダンジョンを作ってみたのだが、まぁ良く釣れる釣堀になったよ」

頭だけでなく、溶けかけた皮膚をぶら下げたままの手や、完全に白骨化した足などがゆっくりと壁から突き出されてくる。

その光景は、まさしく悪夢と言えた。

気の弱いものであれば、即座に失神するような光景を前にして、それぞれ程度の差はあれど蓮弥達の中に気を失うようなものはいない。

だが、それぞれ目の前の光景に飲まれてしまったかのように、動くこともできずにいる。

「君らも私が、隅々まで有効活用してあげるから、そんなに怖がらなくてもいい」

あくまでも笑顔のまま、魔族の男が言い放つ。

その男の背後の壁から、人の形をした、すでに人ではなくなってしまった者達が、両腕《りょううで》をまるで助けを求めるかのように突き出しながら、ずるずると這《は》いだしてくる。

「まぁとりあえず……君らもこうなってもらえるかな？」

とても気楽に。

全く声に邪気《じゃき》を含ませず。

男が実に楽しそうに言った言葉と同時に、その背後の壁から這いだしてきた人の残骸達が蓮弥達目掛《めが》けて襲い掛かってきた。

「逃げろっ！」

最も早く反応したのは蓮弥だった。

背後を振り返ることも無く、鋭《するど》く叫んだその声に、後衛の４人が板金鎧《よろい》をがちゃがちゃと鳴らしながら、あたふたと逃走に移ろうとするが、すぐにそちらからも悲鳴が上がった。

肩越しに振り返る蓮弥の視線の先で、一つ手前の部屋の入口がまるで壁自体が生きているかのように動いて塞がり、その壁が妖しく紅《あか》い光を明滅させたかと思うと、その壁から染み出すようにしてどろどろとした紫色の腐肉《ふにく》が零れ落ちたのだ。

流れ出た腐肉は床に溜《た》まり、そのままゆっくりとだが後衛の４人に迫る。

慌てて盾《たて》を構えて防御姿勢を取る４人だったが、すぐにまた悲鳴が上がった。

「盾が……盾が腐《くさ》る⁉」

ずるずると這い寄る腐肉の一部が、まるで触手のように４人に迫り、それを盾で防御した途端《とたん》に触れた箇所が茶色に変色し、ぼろぼろと崩れだしたのだ。

「なんだこいつは、こんな魔物《まもの》は聞いたことがないぞ！」

正体が分からなければ、対処のしようもない。

蓮弥が急いで〈鑑定《かんてい》〉の技能を起動すると、メッセージが見えた。

〈報告：鑑定技能　対象名　RustMonster亜種〉

〈報告：ヘルプ機能　RustMonster　本来は錆《さび》を主食とするネズミのような魔物。錆を発生させる金属であれば、種類を問わずに錆させる能力を持つ。反面、革製品や木製品には影響を及ぼすことができず、正体が判明すれば比較《ひかく》的討伐《とうばつ》は容易。血肉には全く興味を示さない魔物な上に魔石も小さく素材も使えない魔物なので、冒険者からは単なる嫌がらせの魔物として非常に敬遠されている〉

懇切丁寧に説明してくれるヘルプ機能に、どこがネズミだと内心、絶叫で突っ込みを入れる蓮弥だったがきっと亜種の一言が全てを説明しているのだろうと、半ば投げやりな気持ちで理解する。

「可愛《かわい》いだろう？　元々は小さなネズミのような魔物だが、少し手を加えてやったらそんな素敵な魔物になったんだ。鉄錆が好みらしいんだが、同じ味のする血でも良いらしくてねぇ」

「それはもう別物だろうが！」

とても嬉しそうにその魔物の説明をする魔族の男に、蓮弥が大声で突っ込むが、蓮弥達の方も状況は悪くなる一方だった。

壁から姿を現したモノの数は先行した二つのパーティの人数と同じ11体。

その動きは鈍いものだったが、確実に蓮弥達を包囲し、その網を縮めている。

身体から漂う腐臭は耐え難いものであったが、それ以上にその異様が蓮弥達の足を止めていた。

例えて言うならば、学校の理科室においてある人体模型がもっとも近いだろうが、半ば溶けて崩れて内容物を引きずっていたり、その内側の固く白いものが見え隠れする様は嫌悪感や恐怖感を否応無く刺激してくる。

さらに蓮弥は、それらを視界に収めた時に流れたメッセージに驚かされた。

〈報告：鑑定技能　対象名　人族〉

生きてるのかよと内心、苦々しい思いで叫んでしまう。

どう見てもゾンビか何かにしか見えないと言うのに、鑑定結果からしてまだ人なのだ。

赤や白や黄色と言った普段《ふだん》は見ない色を曝《さら》け出《だ》して歩いている人型のものが、まだ生きている人間なのだとは、蓮弥は信じたくなかった。

だが、自分達に迫ってくるその人型の口の辺りを見てしまえば、信じたくなくてもそれがまだ生きているのだと言う事を思い知らされてしまう。

その口は、溶けかけたり白骨化し始めたりしてはいるものの、確かに「助けてくれ」と呟《つぶや》いているのが分かってしまうからだ。

「こいつらはね、素材にする途中《とちゅう》だったんだが……お察しの通りまだ生きているよ」

魔族の男の言葉に、シオンが短く息を飲む音が聞こえた。

「だがね、もう吐く息には麻痺《まひ》毒が混じっているし、体液も似たようなものだ。そんなものにしがみつかれでもしたら、君らも動けなくなるだろうねぇ」

「御託に耳を貸すな！　下がって合流するぞ！」

立ちすくんでしまう仲間たちに、声をかけて後退を促す蓮弥。

まだ生きているとは言え異様な姿の人間を相手にするよりも、8人がかりで後ろの肉塊《にくかい》をなんとかする方が先決だろうと考えた蓮弥だったが、その指示にシオン達が従おうとする目の前で、部屋の入口の扉が重い音を立てて閉まった。

「逃がすと思うかね？　後ろは後ろ、こちらはこちらで楽しもうじゃないか、なぁ？」

「術式並列起動8、我《わ》が力に依《よ》りて、火弾《かだん》よ撃《う》て！」

分断されたと理解した瞬間《しゅんかん》に、蓮弥は方針を変えた。

なぎ払うように振りぬかれた手から八つの拳大《こぶしだい》の火球が出現すると、魔族の男目掛《めが》けて放たれる。

「我が力に集《つど》いて、盾よ弾《はじ》け」

唱えられた呪文《じゅもん》が、魔力《まりょく》の力場を形成する。

それは飛来する火球を受け止めると、火球は弾けて散った。

八発の火球を受け止めて、消えた魔力の盾の向こうから、魔族の男が楽しそうに言った。

「思い切りがいいねぇ君。しかも並列で八発同時起動か。見た目で剣士《けんし》かと思ったんだが、もしかして魔術師なのかな？」

問いかけられても蓮弥は取り合わない。

「奴を倒して後ろと合流するぞ！　後ろの奴らとさっきの魔物は相性《あいしょう》が悪すぎる！」

後衛を担当していた４人は、板金鎧の防御力《ぼうぎょりょく》で相手を制圧するのが主目的とされていた。

それが金属を錆《さ》び付《つ》かせて壊《こわ》してしまう魔物の前では、頼みの防御力が意味を成さない。

しかも持っている小剣は、あの肉塊に対して有効とは思えず、さらにその武器もまた錆び付かされてしまう代物《しろもの》だ。

武器と鎧を失えば、あとはゆっくり絡め取られて捕食される以外に道が無い。

合流できさえすれば、アズと蓮弥の魔術《まじゅつ》であの肉塊を焼き払うことができる。

閉じてしまった通路さえなんとかできれば、逃げ切る道も開けるかもしれない。

「うんうん、がんばってねぇ。できるだけがんばってくれた方が、君達の性能を把握《はあく》しやすい」

魔族の男は蓮弥の魔術を防御した以外は、特に動きを見せずにいる。

斬り込めるならば、斬り捨てる自信はある蓮弥だったが、どうしても途中にいる11人が邪魔《じゃま》になる。

「レンヤ、これどうしたら……」

助けを求めるようなシオンの声。

ゆっくりとではあるが、間違いなく前進している人型は、既《すで》にその差し伸ばされた手が目の前に来るほどに接近していた。

吐き出す息に含まれていると言う毒の効果範囲《はんい》に入ったのか、ぴりぴりと肌を刺《さ》す刺激に蓮弥は時間が全く無いことを理解すると、ためらわずに叫んだ。

「斬り捨てろ！　助ける方法がない！　ローナ、解毒はできるか!?」

「は、はい。初級の〈解毒〉なら……」

「アズは魔術で援護！　ローナは解毒と回復を重視しろ！　シオンは二人に敵を近寄らせ

るな！」

怯《おび》えの感情をはらんでいたシオンの瞳がその指示に覚悟《かくご》を決める。

震えていた手が、長剣《ちょうけん》の柄《つか》を握りなおし、半歩下がって間合いを調整しながら、右肩《みぎかた》に担ぐように振り上げた長剣が振り下ろされると、目の前に居た人型の肩口を深々と抉《えぐ》った。

相手が人ならば、致命傷《ちめいしょう》に達していたはずも、異形となった人型の命を刈り取るには足りなかったようだが、痛覚はまだ残っているのか、人型がわずかにひるんだ。

本来ならば血を噴出してもおかしくない傷だと言うのに、血には見えないどろりとした黒い液体が垂れるのに嫌悪感を覚えながら、食い込んだ刃《は》を引き抜きつつ、シオンが人型の腹部に蹴りを打つ。

衝撃《しょうげき》に数歩下がった人型の顔面へ、アズが火球の魔術を叩き込んだ。

燃え上がる顔面をおさえて人型が悶《もだ》える。

どんな姿になっていようと、生きているのであれば呼吸が必要になるのは当たり前だ。

しかしそれも、頭部を燃やされてしまっては空気を吸い込むことができず、ただただ気管と肺を焼かれて苦しむ以外にない。

その人型の頭部へ、シオンの一撃《いちげき》が吸い込まれると、頭部を二つに断たれた人型は、悶えることを止めて、炎を上げたまま倒れ伏す。

腐肉を断ち切ったり、蹴り飛ばしたりした感触《かんしょく》に、顔をゆがめながらもシオンが叫んだ。

「まず一つっ！」

ローナが念の為なのか、なんらかの法術を使う準備をし始め、アズが次の標的を定めながら呪文の詠唱《えいしょう》を始めるのを見ながら、蓮弥はあれならばしばらく任せても大丈夫《だいじょうぶ》だろうと判断する。

仲間の身を案じる必要がなくなれば、する事は一つだった。

一秒でも早く、あの名前も知らない魔族の男を斬り捨てるのみ。

一歩踏み出す、と言う行為《こうい》はそのまま攻撃範囲《こうげきはんい》を一歩前進させると言うことだ。

攻撃範囲を一歩分前へ出すと言うことは、標的をその範囲の中へと入れるということを意味する。

では標的が攻撃範囲内に入るということは、一体何を意味するか。

答えはとても簡単なことだ。

ただ斬り捨てることを意味する。

左手が鯉口《こいぐち》を切り、右手が刀の柄に添《そ》えられれば、抜くと言う動作は意識せずとも行われた。

鞘から迸る《ほとばし》白刃は、腐臭漂う不浄な大気の中で、ただそれが通り抜けた空間にのみ凄烈な空気を残す。

一度の呼吸の間に、駆《か》けた閃光《せんこう》は三条。

さらに蓮弥が一歩進む。

刃が通り過ぎることを肉が拒むことも許さず、その断たれた音すら断ち切られて、落ちる首の数は閃光の数と同じ三つ。

「これはまた、凄い」

目の前の光景に、魔族が感嘆《かんたん》の声を上げる。

いかに異形となったとしても、ベースが人間である以上は首を失って生を繋《つな》ぐことはない。

膝《ひざ》から崩れ落ちるようにして倒れる屍《しかばね》には一瞥《いちべつ》もくれず、蓮弥の表情はまるで動くこともなく、視線はその魔族から外れることもない。

また一歩進む。

鞘へ戻されることの無かった刀身が、刃を返して下段から跳ね上がる。

跳ね上がった刀身は、上段でさらにもう一度刃《は》を返されて下段へと戻った。

後には、股間から頭頂部へと、頭頂部から股間へと、一筋の朱線で開きにされた人型が二つ。

内容物をぶちまけて、血かどうかもわからない液体を垂れ流しながら床に倒れる人型の間を、蓮弥は歩を緩めることなく進む。

「これはまた、思わぬ拾い物かもしれませんねぇ」

瞬く間に五体の人型を倒されたと言うのに、魔族の顔は珍《めずら》しいものを見つけたような喜びに満《み》ち溢《あふ》れている。

「君をベースにして作る作品は、とてもすばらしいものになりそうだ」

「それは無理じゃないかな」

答えた蓮弥の手に握られている刀はまだ鞘へは収まっていない。

抜き身の刀は、斬る為に存在する。

その言葉を具現化するように、横一閃に振りぬかれた刃は、さらに二つの人型の胴体を切《き》り裂《さ》いて上下二つのパーツに切り分ける。

床に落ちた上半分は、しばらくもがいていたが、その頭を蓮弥が踏みつけ、一息に踏み潰すとすぐに動かなくなった。

「都合七つ。あと四つはあちらに任せるとして……護るものはもうないぞ?」

そう言いながらも蓮弥は、頭の片隅《かたすみ》にひっかかりを覚えていた。

人型は、見た目が異常である以外は特になんの能力も無い、ただの木偶《でく》だったからだ。

掴《つか》みかかろうとするのは、単に助けを求めるだけの行動。

吐く息に麻痺毒が混じっていると言っても、かなり近づかない限りはその効果を発揮しないものであったようで、蓮弥の身体はどこも異常を報せていない。

さらに半ば分解されかかっていたせいか、全員が全裸であり身を守るものもなく、動きも鈍く、切り裂く事を主体とした刀の前では、少々動きのある巻《ま》き藁《わら》以上の存在ではなかったからだ。

疑念は残るがどちらにせよ、目の前の魔族は倒《たお》す以外の道がない。

遮るもののなくなった空間を、警告も無しに蓮弥が詰《つ》める。

「我が力に集いて……」

その動きに対応するように魔族が詠唱を始めた。

どんな魔術が行使されるのか、蓮弥には察する術がないが、一撃あるいは2、3発であれば、かわすか耐え切る覚悟で走る。

「風刃よ、抉れ！」

魔族が掲げた手のひらから、迸る風の刃は全部で20を越えた。

想像を超える数に驚く蓮弥であったが、既に回避できるタイミングではない。

魔術についてはほとんど知識の無い蓮弥は、自分に向けて放たれた魔術がどの程度の威《い》力《りょく》のものなのか分からなかったが、かわせないのであれば取れる手段は一つしかなかった。

「術式並列起動20！〈小火弾〉！」

突っ込む速度を落とさずに、迫り来る風の刃目掛《めが》けて無詠唱で起動した〈小火弾〉の魔術を叩《たた》きつける。

正面からぶつかり合う風と火。

数はほとんど同じであったが、地力の差なのか数が足りなかったのか、わずかに風が押し込む。

その風を、蓮弥は刀で迎え撃つ。

「馬鹿《ばか》がっ！　風の魔術が刀で迎撃できるわけが……」

本来ならば、できる行為ではない。

分厚い盾のようなもので、当てられても防ぎきるような方法であればともかく、武器で打ち払うような行為で魔術が止まる事はほとんどない。

しかし、その魔族は知らなかった。

蓮弥の持つ刀の特性、破壊《はかい》不能属性のことを。

破壊可能なものであれば、一方的に破壊してしまう、この世に本来は無い属性。

それは物質に限らず、魔術にすら適用される。

火の魔術と対消滅《ついしょうめつ》しなかった風の刃が、蓮弥の振るう刃に触《ふ》れた途端に、魔術の構成を破壊されて消滅。

有り得ないその現実に、魔族の言葉が途中で消え、その表情から初めて喜色が消えた。

「なっ？」

理由は分からなくても、魔術が消えたことは分かる。

有り得ない光景に驚く魔族と蓮弥との間に、一瞬の差が生まれた。

刀を振るう蓮弥が、その一瞬を見逃すわけもない。

風の刃を薙《な》ぎ払《はら》った刃が、返す一撃で魔族の身体を捉える。

そのまま振りぬいた蓮弥の目の前で、魔術を放つために突き出していた魔族の右腕が、滑らかな切断面を見せて宙を舞った。

「ぎっ……いっ……」

悲鳴を上げなかったのは流石というべきなのか。

切れ味が鋭すぎたせいなのか、斬《き》られた腕が宙を舞い、ぼとりと床に落ちてようやく、切断面から血が噴出した。

斬られた腕をおさえ、憎しみの篭《こも》った視線で魔族は蓮弥を睨《にら》みつけるが、蓮弥はそんなものは意に介さない。

それでなくとも、分断された後衛のパーティがどうなっているのか、心配で仕方がないのだ。

一撃入れて少しでも怯《ひる》んだのであれば、そこに付け込まない話はない。

首を狙って放った一撃は、ぎりぎり身体をそらしてかわされ、さらに袈裟懸《けさが》けに切りつけた一撃は魔族の胸板を浅く捉えただけで間合いを外される。

さらなる追撃を入れようとした蓮弥の目の前で魔族が吼《ほ》えた。

声は単なる大きさではなく、魔力を含んだ圧力を生み、追撃に移ろうとしていた蓮弥がたたらを踏む。

そのわずかな時間で、魔族は大きく間合いを取って壁際まで退いた。

なんらかの方法で退散するのだろうか、と蓮弥はわずかな希望を覚える。

魔術の打ち合いで、自分が打ち負けたのは分かっている。

一撃を入れられたのは、理由の方は蓮弥には分からなかったが、刀が風の魔術を打ち消したということと、打ち消されたという事実に魔族が驚いて隙を見せたからに過ぎない。

いわば、狙って入れた一撃ではなく、幸運が重なって入ったラッキーヒットだ。

そのラッキーヒットに繋げて、一気に畳み込んでしまおうとしたのだが、追撃の2発はかわされてしまった。

つまり、狙って放った攻撃《こうげき》は、まだ1発も当たっていないのだ。

これはそのまま、相手の魔族の身体能力の高さを示していると蓮弥は感じている。

もちろん、自分の方にもほんのわずかにだが驚《おどろ》いたり迷ったりする時間が無かったわけではないので、十割全《すべ》ての力を出し切った攻撃だとはいい難《がた》いものがあったが、片腕を失って尚、高い能力を見せ付ける魔族に正直な所ではこれ以上の戦闘を継続したくなかった。

長引けば、長引いた分だけ自分が不利になる。

そんな予感がする。

幸運なのは、偶然入ったと言ってしまってもいい一撃が、魔族の腕を切り飛ばしたということだ。

利き手がどちらかは分からなかったが、そんなことよりも大きく開いた傷口から、どくどくと血が流れ続けていることが重要である。

流血はそのまま、体力の喪失《そうしつ》、集中力の欠如へと結びつく。

「きっ……貴様……」

痛みに喘《あえ》ぎつつ搾り出された言葉に、恨《うら》み言《ごと》の一つでも言うのかと思った蓮弥の想像はあっさりと裏切られる。

「おっ面白いものを、持っているな。……どこで手に入れた?」

何を指して言っているのか、言われた時には分からなかった蓮弥だが、すぐにそれが魔術を打ち消して見せた自分の刀を指しているのだと気がついた。

「自分の身体の心配よりも、そっちが優先かよ」

呆《あき》れを滲《にじ》ませて蓮弥がそう言えば、魔族は喉の奥を鳴らすようにして低く笑った。

その笑い声にあまり力が無いことは、蓮弥にとっての安心材料だった。

間違《まちが》いなく、腕の傷は魔族の体力を削り取っていっている。

「腕を切られたことなどどうでもいい。そんなものより、お前の持つその武器だ。魔術を破壊した、だと？　そんなことは普通《ふつう》はありえん」

「そんなの知らんよ。こいつは旅の商人から取引で手に入れたものだ。入手元が知りたければそいつを探すんだな」

魔族が人の大陸で、旅商人《たびしょうにん》を探すことなどできはしないだろうがなと思いつつ、蓮弥はズボンのポケットから紙を取り出し、刀身を拭う。

異形の人型を切った時に、わずかに刀身にこびりついていた脂が気になったせいだ。

素早《すばや》く正確に振りぬかれた刃は、血も脂も、そのほとんどが刀身に付着することを許してはいなかったが、それでも多少は付く。

油断なく、魔族から視線を外さないようにしながら、ゆっくりと刀身を拭った蓮弥は、使い終わった紙を無造作に床にバラ撒《ま》いた。

「さて、大分大怪我《おおけが》だと思うんだが、まだやる気かね？」

退いてくれればいいのにな、と言外に言う蓮弥だったが、答えは期待したものではなかった。

「もちろんだとも。こんなもの怪我のうちに入らんよ」

強がりなのだろうか、と蓮弥は訝《いぶか》しがったが、すぐにその考えを打ち消す。

魔族に対する知識は全くと言っていいほど無かったが、おそらくは人よりもずっと知力体力共に優れているのだろう。

現に、かなりの量の血を失っているはずなのに、魔族の顔色が悪くなったような気配はない。

痛みに顔を顰《しか》める事はあっても、その目は爛々《らんらん》と蓮弥の持つ刀に注がれている。

「面倒《めんどう》くさい奴《やつ》……」

呟く蓮弥の目の前で、魔族が斬られて落ちた自分の腕を拾おうとした。

その手が腕に伸びる前に、蓮弥は無詠唱で起動した〈小火弾〉をまた、並列起動で20発、転がる腕目掛《めが》けて放つ。

魔族に拾われる前に、魔術が着弾したその腕は弱いながらも火の魔術に炙《あぶ》られて黒コゲになった。

「酷《ひど》いことをする。私の腕だぞ？」

目の前で自分の腕を焼かれたと言うのに、魔族はあまり気にした様子はない。

「拾ってくっつけでもされたらたまらんからな」

くっつく云々《うんぬん》は、蓮弥としては冗談のつもりで口にした言葉だったのだが、魔族の返答は冗談が冗談として通用しないものだった。

「ほう、察しがいいな。焼かれたものは仕方ない。生やすか」

何を言い出すんだこいつはと蓮弥が思ったのも束の間。

魔族が斬られた腕に少し力を込めただけで血を垂れ流していた腕の切断面から流れ出る血が止まる。

やがて切断面の一部が盛り上がったかと思うと、みるみるうちにそれは成長をし、斬られる前の腕の形となった。

再生した腕を軽く振って具合を確かめてから、魔族は笑った。

「これで良し」

再生された腕は、元の肌よりもやや色が薄《うす》い違《ちが》いはあるものの、焼き焦がされた腕と造形上はなんら変わりが無い。

おそらくは、性能の方も全く劣《おと》る所が無いのだろう。

「トカゲかプラナリアかお前は……」

目の前で起こった光景を信じたくない気持ちで蓮弥は吐き捨てる。

斬ったものがわずかな時間で再生するなど、剣士からしてみれば悪夢か悪い冗談だ。

失った血の分、体力等は減ってはいるのだろうが、それでも片腕があるのとないのとでは戦いやすさがまるで違う。

これは末端を削った程度では話にならず、必要なのは致死に至る一撃しかない。

次の一撃を考えながら、刀身を鞘《さや》へ納める。

生半可な一撃では、仕留めることができない。

「いや、トカゲと比較しては、トカゲに失礼だな」

挑発《ちょうはつ》に聞こえているだろうか、と蓮弥は思う。

今から放つのは、相手が冷静でなければならない程《ほど》、成功率が上がる。

あまり頭に血が上られると逆に今度は失敗する確率が上がるが、それなりに視野が狭まるくらいの血の上り具合が望ましい。

剣帯の留め金を強く弾いて鞘を腰《こし》から外す。

右半身に魔族と相対し、腰をわずかに落とす。

左手で鞘を持ち、右手を柄に添えて、タメを作るように身体を左へ捻《ひね》る。

「次は後腐れの無いように斬り捨ててやるから……そこを動くなよ」

言葉尻と同時に左足で地面を蹴る。

抜刀《ばっとう》寸前の体勢のまま、突進する蓮弥から逃げようともしない魔族。

おそらくは先ほどの攻防で、蓮弥の斬撃は回避可能なものだと判断したのだろう。

その考えは蓮弥も同意するものだった。

普通に斬りつけても、今の速度では十二分に回避されてしまう。

だとするならば、普通でない斬撃を放つしかない。

右足で踏み込み、蹴り足の左足をひきつける。

そこで本来ならばさらに左足で地面を蹴って間合いを詰める所を、蓮弥は左足をひきつけた速度そのままに、蹴りを放った。

もちろん、まだ足が届くような間合いではない。

空振った左足の意味を図りかねた魔族の視界を、先程蓮弥が刀身を拭って床に捨てた紙片が覆った。

「目くらましのつもりかっ！　小賢《こざか》しいっ！」

舞う紙片を右腕一本で薙ぎ払って魔族が吼える。

たとえ一瞬《いっしゅん》視界を奪われたとしても、先程の蓮弥の攻撃《こうげき》程度のものであれば、かわすことに何の支障もないはずだった。

紙の向こうに、蓮弥が普通の攻撃をしかけようとしているのであれば、だが。

除けた紙片の向こうに魔族が見たものは、完全に自分に背を向けた状態の蓮弥の姿だった。

無防備なその姿の、意味が分からずに魔族の反応がまた遅れた。

左足で蹴りを放って紙片を舞い上げた蓮弥は、その足が着地する前に右足のつま先を支点として180度回転させつつ魔族に対して背中を向けたのだ。

それは意表を突くと同時に、次の攻撃への布石となっている。

今度は右足で床を蹴り、背中を向けたまま魔族との間合いを詰めた蓮弥は、振り向きもせずに左手に持つ鞘の先で魔族の腹部を突いたのだ。

魔族と言えども生きている存在であり、なんの準備もないままに強く腹部を突かれれば、息が止まる。

息が止まれば当然、動きが止まり、それはそのまま隙となる。

鞘を握《にぎ》る手に確かな感触を認めた蓮弥は、振り返りざまに抜刀。

動きの止まった魔族の右肩から、袈裟にその身体を斬りつけたのである。

抜刀時の鞘走りと、振り向く時の半回転分の遠心力の二つを合わせて放った斬撃は、魔族の肩口に吸い込まれ、その服も肉も骨も一緒《いっしょ》くたにして切り裂くと、頭と左腕と上半身の一部だけを地面に切り落とした。

血を噴出して倒れる残りの身体には目もくれず、蓮弥は頭のついている方の胴体に近寄ると、即座に首を落とす。

どこか、きょとんとした表情のままの首の眉間に一度刀を突き入れて、確実に止めを刺してから、残りの身体も動く気配が無いのを見て取ると、そこまでしてようやく蓮弥は肺に溜まっていた空気を深々と吐き出すのであった。

第五章　憎まれっこはなんとやら、らしい

休みたい。

切実にそう思う気持ちを気力でねじ伏《ふ》せて、蓮弥《れんや》はシオン達《たち》の状況を見る。

どうにかこうにか、シオンは二つの人型を切り捨て、残りの二つはアズが一つを燃やし、もう一つはローナがメイスのフルスイングで頭を粉砕していた。

殲滅《せんめつ》が終了《しゅうりょう》しているのを見て、蓮弥は安堵《あんど》する。

基本的に、掴みかかってくるだけの木偶人形だったのだから、あまり苦戦されても困るわけではあったが。

「レンヤ、そっちも終わったようだが……また妙《みょう》な剣術《けんじゅつ》を使うのだな」

途中から蓮弥の戦い方を見ていたらしいシオンが、興味を前面に押し出しつつ近寄ってくる。

鞘を使った打撃《だげき》技や、戦闘の最中にわざと背中を見せると言うこと。

ただの隙に見えて、それすらも遠心力を生み出す為の布石にする。

そういった戦い方はシオン達の知らないものだった。

「御教授したい所だが、そうも言ってられないんだ」

「うん？」

「忘れたのか、一つ前の部屋でアズのパーティメンバーが襲われてるだろう。早い所この部屋の出口を開いて助けないと……」

「そうだったな」

戦いに夢中になりすぎて、戦いに入る前のことを忘れていたらしいシオンは、少し顔を赤らめながらも、塞がってしまった部屋の出口に走りよる。

出口の扉《とびら》は、魔族が倒れた後も、開くことは無かった。

走り寄ったシオンが、拳《こぶし》で叩いてみるが、硬い音が返るだけ。

ならばと今度は手にした長剣で斬りつけてみるが、硬く甲高い音がして、シオンが涙目《なみだめ》で蓮弥の方を見た。

「どうした？」

「痺《しび》れた……」

硬いものを力任せに叩いたので、手が痺れてしまったらしい。

斬りつけた剣《けん》の方も、先端がはっきり分かるほどに欠けてしまい、物を駄目《だめ》にしてしまっている。

「俺《おれ》がやってみる。どいてくれ」

アズがシオンを下がらせると、呪文を唱える。

「我が力に集いて、魔弾《まだん》よ穿《うが》て！」

術式並列まで用いて、アズが放った二発の魔力の弾が、閉め切られた扉目掛《めが》けて撃ち出されるが、扉の表面で空しく散らされて消える。

その光景に、アズが眉根を寄せて扉を睨んだ。

「この扉、魔術が施《ほどこ》されて、しかもまだ生きている」

「これがまだ生きてる、ってことか？」

刀の先に突き刺さったままの、魔族の首を指差す蓮弥の問いかけを、アズは否定する。

「その状態で生きてるわけがない」

「だとすれば、一体誰《だれ》が施術した魔術なんだ？」

「わからん。……だが、このままではっ！」

アズが苛立ちをぶつけるかのように、扉を蹴りつける。

アズも、手前の部屋で襲われた仲間達が、襲《おそ》ってきた魔物との相性が悪いことは察していたのだろう。

察しているからこそ、焦《あせ》ってしまうのだが、シオンの斬撃でキズ一つつかなかった扉が、魔術師《まじゅつし》の蹴り一つでどうこうなるわけもない。

「レンヤ。お前の斬撃で、これを斬れないのか⁉」

焦りを抑えつつ、アズが扉を指差すが、蓮弥はなんとも言えず答えに困る。

というのも、見た限りでは扉の材質が分からない。

人を斬るのと、木を斬るのとでは、当然心構えも斬り方も違ってくる。

何を斬るのかも分からず、振るった刃で斬ることが可能なものなど、たかが知れている。

そして、その扉が金属製であった場合は、結構な厚さがあったはずなので、斬れるわけがない。

蓮弥が自分の持つ刀の特性をきちんと理解していれば、扉が全て鋼鉄製だったとしても斬れるだけの性能があったのだが、現状蓮弥はそれを知らず、蓮弥にそれを告げる者もいない。

「あの……レンヤさん？」

蓮弥達《たち》が扉に掛かりきりになっている間に、その背後を守るように立っていたローナが蓮弥に声をかけた。

「どうした、ローナ。今かなり切羽詰まっているとこなんだが」

「こちらも結構緊急《きんきゅう》事態です」

ローナの声音に何かを感じた蓮弥は振り返る。

「どうした？」

「死体が……消えました」

言われて見れば、シオン達が倒したのと蓮弥が倒したので11個の死体。

さらに蓮弥に刻まれた魔族の死体があるはずだった場所に、何一つ痕跡を残さず、死体が消えているのが見えた。

ふと、刀の切っ先を見れば、突き刺したままの魔族の首はまだそこにあった。

だとすれば、蓮弥が魔族を倒した夢を見た、と言うようなことではないのは間違いない。

「これは一体……どういうことでしょう？」

「全員警戒しろ！　何か妙だ！」

全員が自分の声に従ったかどうかも確認《かくにん》せずに、蓮弥の目はわずかな差異でも見逃《みのが》さぬように周囲の光景を調べている。

焼けたり切れたりしてはいたが、間違いなく、ゼストとハルツのパーティの成れの果ての死体は床に転がっていたはずだった。

蓮弥が斬り倒した魔族の身体も、いくつかに分かれて転がしたままだった。

それが無くなっていると言うことは、誰か、もしくは何かがそれらの死体を始末したと言うことになるが、同じ部屋の中にいて、蓮弥のみならず他《ほか》の3人にも気づかれずに死体を消失させるようなものとは一体なんであるのか。

床に変化は見られない。

黒檀《こくたん》の机も、主を失ったまま、そこにある。

壁は何かにコーティングされて固められた、冷たい土の壁だ。

「……土壁？」

何故《なぜ》土壁が見える、と蓮弥は異常に気がつく。

部屋に入った時には、壁の色は白かったはずだ。

それが今は、この部屋に入るまで見てきたのと同じ、土壁を晒《さら》している。

「壁がどうしたと言うん……」

最後まで言い切ることができずに、アズが扉の前から吹き飛ばされ、部屋の中央の黒檀の机に叩きつけられ、これを破壊しながら反対側の壁まで転がっていった。

あっけに取られてそれを見ていたシオンが、身を翻そうとして、これもまた何かに吹き飛ばされて壁に叩きつけられる。

吹き飛ばされる前に何かを防御《ぼうぎょ》したらしい長剣の刀身が、半ばから折れて転がり、力を失って手から柄も落ちた。

「シオンっ⁉」

駆け寄ろうとしたローナを、蓮弥は制止しようとしたが、間に合わない。

鞭《むち》のような何かが、走り出そうとしたローナの足に絡みつくと、その身体を引きずり倒して振り回し、壁に投げつけたのだ。

投げられた時に、掴まれていた足から、骨の折れる音が聞こえ、受身を取ることも許さないような速度で、ローナは背中から壁に激突する。

瞬く間に3人が無力化された。

その間、動くことのできなかった蓮弥が、部屋の入り口の扉の前に立つ人影を見て、目を眇《すが》める。

「なぁ……斬ったよな？」

「そうだねぇ。確かに。斬られたかもねぇ？」

後ろ手に手を組み、にこにこと笑顔《えがお》を振りまきながら、今しがた3人を壁へと叩き付けたそれは、蓮弥の質問に軽い調子で答えて見せた。

褐色の肌《はだ》に、薄紫色の髪《かみ》。

やや尖《とが》った耳に、アーモンド形の瞳孔《どうこう》。

白衣を無造作に着こなすそれは、間違いなく蓮弥が斬り倒したはずの魔族の男であった。

その姿を目に捉えつつ、ちらと蓮弥は自分の刀の先を見る。

そこには突き刺したままの魔族の首があったのだが、それはみるみるうちに色を白へと変化させると、溶けたバターのように床へと垂れ、するすると魔族の男の足元へと流れるとそのつま先にくっついて同化し、男の一部として消えてしまった。

「スライムか、お前は……」

その光景に蓮弥が頭に浮《う》かんだ魔物《まもの》の名前を言ってみるが、男は一つ溜息《ためいき》をついて見せた。

「何故私が下等な粘液生物と同じに見られなくてはならないんだ？」

「似たような感じだろうが」

「まぁ、そんな見方もあるかもねぇ」

重りのなくなった刀を構える蓮弥を見ながら、魔族は酷く楽しそうに笑った。

笑う魔族を警戒しつつ、蓮弥は壁に叩きつけられた3人の様子を探るが、3人ともぴくりとも動かない。

気を失っているだけであってくれればいいが、と蓮弥は祈る。

「まさか壁にへばりついていた白いのが、お前の本体だとは思わなかったな」

「正しくは、天井にも張り付いていたんだけどねぇ。君の相手をしたのは私の一部、と言うことだねぇ」

この言葉が正しければ、照明を担当していたのもこの魔族であったらしい。

分身に作業をさせて、本体が部屋の環境《かんきょう》を整えるとは、随分《ずいぶん》効率のいい作業の仕方だなと場違いな感想を蓮弥は抱《だ》いてしまう。

「最初からお前の腹の中だったと言うわけか。気持ちの悪い……。魔族と言うのは皆そういう感じなのか?」

会話を続けながら、蓮弥はどうしたものかと考えている。

先程斬ったのが一部でしかなかったのならば、本体はもっとずっと強いに違いない。

実際、アズとシオンを襲った攻撃については、蓮弥は全く見えなかった。

その上、奇策として使った技も見られているので、もう一度通用するわけもない。

攻略《こうりゃく》の糸口が見つからないのだ。

「魔族がみんなこうだったのなら、今頃この大陸に他種族など存在していないだろうねぇ」

「じゃあ、お前は何なんだよ」

「エミル＝ラージャ。魔族の研究者だよ。短いつきあいになるとは思うけど、宜《よろ》しくねぇ」

魔族の名乗りに、蓮弥は二つの事実を確認する。

一つ目は魔族にも名前ってあるんだな、というごく当たり前のこと。

二つ目は、どうやらこの魔族、この場にいる全員を生かして帰すつもりは全くないようだと言うこと。

「私の専門は、生物工学と言うやつでねぇ。何かと何かを融合させて、強い生命体を創り出すと言うことを研究しているんだ」

まさかこの世界にバイオテクノロジーがあるとは思わなかった蓮弥だったが、おそらくは魔術《まじゅつ》とか錬金術といった学問の一分野なのだろうと推測する。

ただ、どの分野の学問だとしても。

「生命への冒涜《ぼうとく》が専門とは、見下げた奴だな」

エミルが口にしたそれは、間違いなく対象の意思など関係無しに、その存在をいじくって別物に変えてしまう技術だ。

元の世界のそれとは似ても似つかない。

「見解の相違って所じゃないかねぇ？　私としてはより高いステージへ生命を押し上げる尊い研究だと思ってるんだが……」

「そう思うなら、まず自分を研究材料にしろよ」

「君は何を言ってるのかねぇ？」

吐き捨てた蓮弥の言葉に、それが理解できないもののようにエミルは尋《たず》ねた。

尋ねたと言う行為《こうい》自体が示すものを察した蓮弥の顔色がわずかに変わる。

それは、はっきりと青褪めていた。

「自分を研究材料にするなんて当たり前じゃあないか？」

世の中の研究者達が聞いたら、そろって否定するような内容の言葉を、エミルは何の気負いも無しに口にした。

そんな当たり前のことをなぜわざわざ言ったのだろうと、純粋に不思議がっている様子すらある。

「私の身体は形状変化の幅《はば》の大きい柔軟な細胞で構築されているんだよ。これは私の研究の成果の一つさ」

「……まともな頭の中身をしていないだろうとは思ってたが……」

「研究だよ、研究。そのために必要ならば、自分だろうが他人だろうが必要なだけ使うのが研究者だろう？」

尋ねながら、エミルの両腕《りょううで》が細く長く伸《の》びて鞭のように床に着く。

シオンとアズを壁に叩きつけ、ローナの身体を放《ほう》り投《な》げた正体は、どうやら触手へと形状を変えたエミルの両腕だったようだ。

「さっき、このダンジョンは釣堀として造った、と言ってたな？」

　話が終われば戦闘になる。

　戦闘になれば、いまだ攻略する方法を見つけられずにいる自分が圧倒的に不利だと、蓮弥は話を長引かせる方法を考えつつエミルを観察している。

「つまりこのダンジョンにはコアはないんだな？」

「強いて言うならば、私がコアかねぇ？」

　エミルが軽く右腕を縦に振った。

　しなる先端が蓮弥の視界から消えると同時に、左肩に衝撃《しょうげき》を感じてよろめいてしまう。打たれた左肩は、服は裂けてしまっていたが、肌にはみみず腫れが出来てはいたが、骨にも肉にもまだ異常はなかった。

「見えたかねぇ？　見えなかったよねぇ？」

　とてもとても嬉《うれ》しそうに、エミルが笑った。

「じゃあ覚悟《かくご》はいいかなぁ？　分身とは言え一度私を殺した相手だ。十二分に嬲《なぶ》ってからみんな仲良く研究材料だ」

　男が鞭に打たれる様なんぞ、見ても楽しくはなかろうに、と思いつつ、そんな軽口を叩く余裕《よゆう》もないまま、蓮弥は刀を構えた。

「それじゃ……、いくよぉ？」

狙《ねら》うように目を細め、囁《ささや》くようにエミルがそう言い放った途端《とたん》に、部屋の明かりが消えた。

突然《とつぜん》奪われた視界に、蓮弥は慌《あわ》てる素振《そぶ》りも見せずにタンッと一つ大きく舌を鳴らす。

鼻の先すら見えないような暗闇の中で、蓮弥は手にした刀を一閃させる。

柄《つか》を握る手にわずかな手ごたえ。

それを感じる時間も惜しんで、蓮弥は刀を引き寄せるとその場から素早く離れる。

わずかに遅《おく》れて、床を鞭で叩くような音。

音のした辺りをなぎ払ってやれば、切っ先がほんのわずかに何かを捉えた手ごたえを感じる。

「まさかと思うんだけど。見えてるのかねぇ？」

声のした方向へ突きを放つが、これはなんの手ごたえも無く空振りに終わる。

小刻みに立つ位置を変えながら、蓮弥は暗闇に向かって答えた。

「人の目が、灯《あか》りも何もない状態で見えるわけがないだろう」

「その割に」

軽く上体をそらしてやると、掠《かす》めるようにして何かが通り過ぎていくのが分かる。

それが引き戻されるよりも早く、掬《すく》い上《あ》げるようにして刀を振るえば、今度はややしっかりとした手ごたえが返ってきた。

小さくあがる苦痛の声。

小指の先を少々削ったくらいのダメージだろうかと、暗い気持ちで蓮弥は判断する。

「攻撃、反撃がいやに的確なんだけどねぇ」

「日頃の行いがいいからな。反面お前は日頃の行いがすこぶる悪そうだ」

見えていない、見えるわけが無いと思っているからなのか、攻撃は酷く単調で直線的だった。

見えていないはずのそれを、蓮弥は足を踏み鳴らし、時に小さく舌打ちしながら回避していく。

「音か」

何度目かの攻防の後、呟《つぶや》いたエミルの言葉に、蓮弥は思わずチッと音の違う舌打ちをしてしまう。

声のした方向へ、鋭《するど》く踏み込みつつ斬り付けるが、手ごたえは無い。

また攻撃が空振りに終わったことを知った蓮弥が、素早く振り返ると同時に、天井が柔《やわ》らかな光を取り戻し、視界が戻った。

蓮弥が振り返った先には、エミルが非常に興味をそそられたような表情で立っている。

その身体のあちこちには、浅く小さな傷がいくつかつけられていた。

「舌打ちの音、踏み込みの音、その反響で周囲を探査する技術か。面白《おもしろ》い技術を持っているねぇ」

「さすが研究者と言った所か。手の内がバレるのが早い」

苦々しく言う蓮弥だったが、何をしているのかがバレるというのは予《あらかじ》め想定していた。

ただ、バレるまでの時間が想定していたよりもずっと短い。

「暗闇の中でそれだけの反応ができるなら、視界を奪った意味はないねぇ」

「だから灯りを点けた、と？」

「観察するなら明るい所がいいに決まっているからねぇ」

エミルの触手と化している両腕が、途中《とちゅう》で二叉に分かれた。

合計４本となった触手を蠢《うごめ》かせて、とても楽しそうにエミルは笑う。

「次は反応速度の実験だ。どこまでついて来れるかねぇ？」

白い鞭が飛んでくる。

人の扱う鞭とは違い、振りかぶるなどの予備動作がない分、異常に速く感じるそれを、
蓮弥は刀で弾く。

生身の部分で刃《は》にそれを打ち付けると言う行為は、どちらかと言えば打ち付けているエミルの触手の方がいくつもの傷を作る結果になるが、放たれる攻撃が衰える気配はない。四条の鞭が織り成す連続攻撃に、防戦一方と言う状態に立たされながら、蓮弥は少しずつではあるがエミルとの間合いを詰《つ》めていく。

前へと出れば、攻撃の熾烈《しれつ》さは増すばかりなのだが、とにかく攻撃を加える事のできる距離《きょり》まで近づかなくては話にならない。

エミルもそれが分かっているのか、蓮弥が前に出るのと同時に、後ろへ下がっていく。間合いを詰めることができない状態に、蓮弥は歯噛《はが》みをするが、拙速《せっそく》に追いかければ痛い目を見るのは自分であることは分かりきっている。

「すごいねぇ、視界が確保できていれば、これくらいの攻撃じゃ捌《さば》ききられるわけだねぇ」

さっきは当ったのにね、とエミルは笑う。

「無駄《むだ》口が多いな、さっさと斬《き》らせろ」

焦るな急ぐなと自分に言い聞かせている蓮弥ではあったが、いくら言い聞かせてみても気は急《せ》いてしまう。

隣《となり》の部屋で、あの肉塊と格闘している4人のこともさることながら、いきなり無力化されてしまったこちらの部屋の3人の容態も気にかかって仕方がない。

特にアズは酷い吹き飛ばされ方をしたし、足を掴んで投げられたローナは確実に足の骨を折られている。

ある程度、防御に成功したらしいシオンとて、その盾《たて》にした剣が圧《へ》し折《お》られるほどの攻撃を受けているのだ。

一刻も早く、医師に見せたい蓮弥だが、仮に今すぐに外に出れたとしても医師のいる街までは馬車で一日かかってしまう。

時間があまり無い、と理解してしまうことが、さらに焦りに拍車《はくしゃ》をかける。

落ち着け、と迫り来る鞭打《べんだ》を捌き続けながら、歯を食いしばって蓮弥は自分に言い聞かせる。

目が慣れてきたとは言え捌き損ねれば、自分も無力化する。

自分が無力化すればそれは、全滅《ぜんめつ》を意味するのだから。

全滅してしまえば、助けの手が来ることもない。

後は全員、速やかに死ねることを祈るくらいしかできなくなってしまう。

「耐久力も申し分なし。この速度の捌きを維持《いじ》し続けられる体力ってすごいねぇ」

返答する余裕も無く、黙る蓮弥にエミルは何か面白いことを思いついたように笑《え》みを濃《こ》くした。

「でもさぁ。この状態でさ」

「……」

「また視界を奪ったらどうなるのかなぁ？」

それまでバラバラに打ち付けられていた触手が、４本まとめて蓮弥に襲い掛かる。

そのタイミングで、エミルはまた光源を消した。

「え？」

４本まとめた攻撃《こうげき》を、蓮弥は掻《か》い潜《くぐ》って踏み込む。

振りかぶられた刀が、鋭くエミルの頭を狙って振り下ろされるのを、エミルは呆然と見つめた。

それでも、生存本能のなせる業なのか、無意識のうちなのか、その身体は回避行動に移っている。

わずかにだがかわされた刃は、エミルの左肩に食い込むと、その左腕を付け根より胴体から切断し、返す刃が浅くエミルの左わき腹を切《き》り裂《さ》いた。

苦痛を遮断しているのか、エミルの声は上がらなかったが、それ以上の攻撃を避けるように、右の触手を振り回しながら、転がるようにして蓮弥から離れる。

それを追おうとした蓮弥は、振り回された触手をかわす為《ため》に、仕方なく飛びのいた。

「これは……」

左腕の付け根から、赤黒い血を流しつつエミルは天井を見上げる。

消したはずの光源は、消えることなく部屋を照らし続けていた。

その光景が、ほんのわずかにエミルの時間を奪い、蓮弥の渾身《こんしん》の一撃《いちげき》を受ける結果となったのだ。

「また、タイミングを見て消されると思ったからな」

切れたトカゲの尻尾のように、床でびくびくとうごめいている触手を蹴り飛ばし、無詠唱の〈小火弾〉をこれでもかと言うような数叩《たた》きつけて焼きながら蓮弥は右の触手を支えに立ち上がるエミルを見る。

「俺が上書きしておいた。便利な技能だな、無詠唱って」

笑顔一辺倒だったエミルの顔が、驚愕《きょうがく》に歪《ゆが》んだ。

その理由は蓮弥には分からなかったが、それについて考える前にエミルが震える声で問いかけた。

「何者だ君は？　一体なんなのだ？」

「レンヤ＝クヌギ。迷い人で、普通《ふつう》の冒険者《ぼうけんしゃ》だ。短い付き合いだろうが、まぁ宜しく」

意趣返しをするように、そう言い放って斬りかかる蓮弥に、今度はエミルの方が防戦に追い込まれる。

左腕を失った痛みは感じていない様子であったが、その息は確実に乱れ始めていた。

「信じられん。なんで魔族の私の方が先に息切れしてるんだ？」

「さてね、研究者なんだろう？　自分で考えろ」

動きの鈍りだした触手では、蓮弥の攻撃を防ぎきれない。

触手の先端が斬り落とされ、その隙間《すきま》を掻い潜った攻撃がエミル本体にいくつかの傷を付け始め、やがて残っていた右腕も肩から斬り飛ばされると、さすがに力尽きたのかエミルが腰から崩れ落ちるように床に座り込んでしまう。

とどめとばかりに振りかぶった蓮弥に、エミルは真顔でこう切り出した。

「取引をしよう」

取り合わず、蓮弥は刀を振り下ろしかけるが、次の言葉を聞いて思わず手を止める。

「君の仲間の３人だが、このままだと一人、二人は死ぬぞ？」

「なんだと？」

「こんな魔族でも、先程も言ったが生命に関する研究をしている者だ。医術の心得もある。自分が与《あた》えたダメージがどの程度のものかくらいは把握《はあく》している」

蓮弥は無言で先を続けるように促した。

両腕を失ったエミルは、その場で胡坐《あぐら》を組み、蓮弥を見上げるようにして言葉を続けた。

「頭の悪そうな剣士《けんし》は問題ない。問題はあの陰気《いんき》な魔術師と、エロいねーちゃんだが……」

「言葉に気をつけろよ？」

一応、警告をしながら、なんでそこまではっきりと形容されてしまうのか、そんなに分かり易《やす》いものなのだろうかと少し考えてしまう。

それと同時に、魔族にまでエロいと言われてしまうローナに少しの哀《あわ》れみを感じてしまった。

「気に障ったのならすまないが、魔術師とねーちゃんは危ない。早急《さっきゅう》に医者に見せないと命に関わるか重い後遺症が残る」

「それで？」

「ここに医者がいる」

腕が無いので指し示すことはできなかったが、言葉からしてどうやら自分の事を言っているらしい。

蓮弥はその言葉を鼻で笑った。

「仮に医者だとして、腕の無いお前に何ができると？」

「少し待ってもらえれば再生できる。見逃してくれるなら二人を治療しよう」

魔族を見逃す行為と言うのが、この世界においてどのような意味を持つのかは蓮弥は知らない。

もしかすると、元の世界で言う所の犯罪者を見逃すような行為に相当するのかもしれない。

だが、道徳的な部分は考えないことにするとして、重傷を負っている二人を治療できるというのは確かに魅力的な提案ではあった。

「信用しかねる」

魅力的な提案ではあっても、今しがたまで命の取り合いをしていた相手の言葉を信用することなどできるわけもない。

刀を突きつけて言い放つ蓮弥だが、内心はかなり揺れていた。

医術の心得などない蓮弥でも、まともに攻撃を受けたアズと、受身も取れずに叩きつけられたローナの状態が危ないと言うのは納得《なっとく》できる言葉だったからだ。

シオンの状態も心配ではあったが、ある程度の防御が間に合っている以上、命の危機はないというのも理解できる。

危険な状態の二人を馬車に乗せて、一日かかる行程を全力で走ったとしても、果たして二人は助かるのだろうかと言う疑問。

これに対する明確な答えを蓮弥は持ち合わせていない。

「これは取引だ、と言ったよ。他の魔族ならいざ知らず。私は研究者であり、それを第一としているが、その他のことについては、ある程度誠実であろうとしている。ついでに、手前の部屋で格闘している4人についてもすぐに解放しよう」

死んでしまっては研究も続けられないからね、と笑うエミル。

「生きているのか？」

既《すで》に事切れている4人を返してもらっても意味は無い。

確認を取る蓮弥に、エミルは頷《うなず》いた。

「ああ、保証する」

「……だがお前は他に11人の命を……」

「その命は君にとって重要だったのかな？」

その言葉はいやに明瞭に、蓮弥の耳に届いた。

ほんのしばしの沈黙《ちんもく》を挟《はさ》んで、蓮弥が言葉を発する。

「答える必要性を見出せない」

「そうか。で、どうするね？」

エミルの断ち切られた両腕が、するりと肩の切断面から生えてきた。

警戒の色を強める蓮弥に、エミルはぱたぱたと手を振《ふ》ってみせる。

「これは普通の腕《うで》だよ。攻撃に使う為にはもっと回復の時間が必要だ」

「……二人を助けられる確率は？」

「今すぐになら十割請け負う。後遺症も無くきれいに治してみせるよ？」

返答はどうする、と尋ねたエミルの目の前に突きつけていた刀を、蓮弥はそっと引き戻すとゆっくりと鞘《さや》へ納めた。

その動作を見て、エミルがよっこらしょと立ち上がる。

蓮弥はそれを制しようとはしなかった。

「取引成立と見ていいのかな？」

「後々、後悔しそうではあるがね。治療が終わったらさっさとこの地から去れよ。俺の仲間には既《すん》での所で逃がした、と説明するつもりなんだ」

「後悔はさせないさ。これで結構義理堅いのだよ、私は」

また顔に笑顔を貼り付けて、自分の胸をぽんとひとつ叩いてみせるエミル。

魔族の義理と言うのはどの程度のものなのだろうか、と蓮弥は一人で天を仰いで嘆息《たんそく》を漏《も》らした。

宿の台所に置かせてもらっていた陶器《とうき》のビンを回収する。

上手に出来ているのかはとても心配だったのだが、蓋《ふた》を開けてみればしゅわしゅわと泡が立ち上り、果実の香《かお》りに混じってわずかなアルコールの匂《にお》いがする。

大方成功しているようだと蓮弥はにっこり笑った。

これがツンと鼻をつくような匂いがすると、雑菌にビンの中身が負けてしまったことを指し示しており、失敗という結果になるのだが、匂いを嗅いだ限りではそういったことにはならなかったらしい。

少々もったいない気がしたのだが、役目を終えた果実は廃棄《はいき》処分とし、残った液体を清潔な布で濾《こ》してやれば、蓮弥の目的のものである酵母液が完成となる。

後はこれを小麦粉と混ぜて室温で馴染ませ、冷暗所で寝かせてやり、また液体と小麦粉を足してという作業を3回も繰《く》り返《かえ》してやれば、立派なパンの種ができあがる。

それをパンの材料に混ぜてやれば、ほんのりと材料の果実の香りがするふわふわの柔らかいパンが焼きあがると言う寸法だ。

いくら日持ちがしようと、コスト的に安かろうと、蓮弥はもう固いパンを齧《かじ》るのはごめんだった。

やはりパンはほのかに甘く、柔らかでなくてはならないと思う。

材料が出来上がっても今度は、パンを焼く場所を確保するという作業が待っているのだが、こちらは支払《しはら》う金次第《しだい》でどうとでもなるだろうと考えている。

それにしても、と蓮弥は無駄に疲れたここ2、3日の事を思い返す。

「とりあえず、これ持っていきなよ」

ダンジョンの壁に叩きつけられた状態のままだったアズとローナを二人がかりで移動させ、床に寝かせた状態で診察し、いくつかのポーションと魔術に、なんだか聞いてはいけないようなものすごい音を立てつつ行われた整体のような施術の後、エミルは蓮弥に鶏の卵くらいの大きさの赤く透き通った石を差し出してそう言った。

床に寝かされた時には、あちこち出血していたり、なんだか顔色が土気色《つちけ》だったりしたアズとローナの二人だったが、施術が終われば顔色も戻り、呼吸も穏《おだ》やかなものに戻っている。

あの破滅的な音からは想像できない穏やかさに、何かされたんじゃなかろうかと疑った蓮弥だったが、エミルはこれを全力で否定した。

シオンもまだ意識を取り戻してはおらず、アズ達《たち》と一緒《いっしょ》に川の字に寝かされていたが、シオンの怪我《けが》は打撲くらいなもので、異常がないかどうかの簡単な診察の後、頭からどぼどぼとポーションをぶちまけられてびしょびしょの状態で寝かされている。

あれでは怪我が治っても、風邪をひくのではないかと心配になる蓮弥だったが、医術の心得があると言うエミルが大丈夫《だいじょうぶ》だと請け合ったので、最悪風邪くらいは我慢《がまん》してもらうか、と放置することにした。

「なんだそれ？」

「魔石。大きいだろ？　これくらいじゃないと、ダンジョンコアでした、とは言えないよねぇ」

そう言いながらエミルは手の平の上にある魔石を指でちょんと突く。

それだけの行為で、魔石は突かれた所から真っ二つに割れた。

「はいこれで、ダンジョンコアのダミーのできあがり」

「調べられてバレないものなのか？」

どうぞと差し出された魔石を受け取りながら蓮弥はしげしげとそれを見つめる。

二つに割れたとは言ってもそれなりの大きさの魔石だ。

結構な金額で売れることは間違《まち》いないのだろうが、ダンジョンコアと魔石の違《ちが》いの分からない蓮弥であり、誰《だれ》かに調べられてコアではないと糾弾されたら困る。

「バレないバレない。そもそも人族には調べても分からないし」

「そんなものか？」

「そんなものだねぇ。だって人族ってダンジョンコアが〈知性ある品物〉だって知らないし」

「ふむ？」

聞いた事の無い単語に、またヘルプ機能に頼りそうになるが、今はそれどころではないからと後回しにする。

「その辺のお話は長くなりそうだから、また今度ってことで。あっちの4人とこっちの3人を外まで運ばなきゃいけないんだろ？　手伝うからさっさとやってしまおう」

RustMonsterに襲われた4人は、鎧《よろい》のあらかたを錆《さび》で壊されてしまい、さらにかなりの量の血を抜《ぬ》かれてしまっていたが、命に別状がある量ではなく、気絶している状態で助け出されていた。

あの肉塊に飲み込まれた時に、身体のあちこちを押《お》しつぶされたのか、骨折や一部の欠損も生じており、骨折に関してはエミルが治療を施したが、欠損はどうすることもできないと匙《さじ》を投げられた。

「私のせいだけど……これを見て、私を見逃す気、なくなったかねぇ？」

「いや、命が助かったのだから約束は守る」

身体の一部がなくなるようなリスクは、冒険者としては当然織り込み済みだろうと言う蓮弥。

君がいいならいいんだけどねぇとエミルは両腕でひょいと二人を担ぎ上げる。

大人一人を片腕で担ぎ上げる腕力は、やはり魔族とは性能が違うのだなと実感させられる光景だった。

「男は私が運んでおくから、女性二人はお願いするねぇ」

「女嫌《きら》いか?」

「人族の女はめんどーだからねぇ。それに……」

ニヤリと笑ってエミルが言う。

「今なら触り放題じゃない?」

「反応の無い身体なんて、人形と変わらないだろう?」

何を言ってるんだと蓮弥が呆《あき》れて見せると、きょとんとした顔を見せた後で、エミルがにやにやと笑いながら。

「これだけの美少女なんだから、少しは嬉しがればいいのにねぇ」

「くだらないことを言う暇《ひま》があるなら、さっさと運べ」

これ以上しゃべらせると、何かとんでもないことを言いそうな気がする蓮弥だったので、まだなにか言いたげなエミルの尻《しり》を蹴飛ばして、作業を急がせる。

勧《すす》められたから、というわけではなかったが、シオンとローナの二人は、俗に言うお姫《ひめ》様《さま》抱っこと言うやつで蓮弥が馬車まで運んだ。

あっさり護衛の4人とアズを馬車に放り込んだエミルにさんざん冷やかされたので、その頭に加減なしの上段回し蹴りを食《く》らわせてやる一幕もあったが、エミルに応《こた》えた様子はまるでなかった。

「一応ねぇ。君には感謝してるんだよ。命の恩人ってやつなのかなぁ。表現が正しいかどうかは、私は小説家や文学者ではないので自信がないけどねぇ」

全員を馬車の荷台に寝かせ、一台で運ぶのには人数が多すぎたので、荷台を連結させ、それを引く馬も二頭引きができるように台車と馬具に細工し、ゼストとハルツが連れてきた馬は逃がしてやって、最後に使うもののなくなった荷物を焼却してから、エミルは真面《まじ》目《め》な顔で蓮弥にそう言った。

「魔族の常識からして、本気で事を構えたらどっちかが死ぬのが普通なんだけどねぇ。だから吹っかけといて生き延びてる私は幸運なんだよ。見逃してもらった恩は忘れないよ?」

交換《こうかん》条件付きでの見逃しだったので、相手に一方的に恩に着られる覚えの無い蓮弥だったが、エミルがそう言うのだからそう思わせておけばいいかと考える。

ついでに、無駄だとは思ったのだが、言わずにはおれなかった事を言ってみることにした。

「忘れてもいいから、人体実験とか控えろ」

「それは、無理」

答えは間髪入れずに返ってきたので、分かってはいたが蓮弥は深々と溜息をついた。

「じゃあ。少し加減しろ」

「それも無理。けどねぇ、これあげるから」

エミルが差し出したのは一本の金属の小さな棒だった。

蓮弥の目からはボールペンに見えるそれは、先端がすこしだけ尖っているが、突き刺さるような尖り方ではなく、先端にやや丸みを持たせている。

材質は、触ってみただけでは分からず、蓮弥は〈鑑定《かんてい》〉技能を起動させた。

〈報告：マーキングペン〉

「……なんだこれ？」

「それで手の平に何か私に分かる記号を書いてみてくれるかねぇ？」

勧められるがままに、蓮弥は自分の左手の平に元の世界の文字で「蓮」と書いてみる。

書いてはみるが、手の平に何かが書き出されることはなかった。

何か仕込みやがったか、と蓮弥がエミルを睨むと、これについては心外だと言わんばかりの表情でエミルは蓮弥の左手に触《ふ》れる。

途端に蓮弥のその手の平に「蓮」の字が紫色の光を放ち、表れた。

「これが魔術工芸品〈マーキングペン〉の効力。身体のどこか分かりやすい所にこの文字を書いておいてくれれば、君の関係者だと分かるからねぇ。その関係者には手を出さないと誓おう」

「じゃあこれであっちこっちに書きまくってやれば……」

「書けるのは一日4人までだからねぇ。良く選んで書いた方がいいよ」

蓮弥がそう言うのを見越していたエミルの反応に、むっとした表情になる蓮弥。

「意地悪をしてるわけじゃなくて、そういう仕様の魔術工芸品なのだから、私のせいじゃないよねぇ」

「そういうことにしておいて……もらっとく」

少なくとも一日4人は助けられるわけだ、と考えればゼロよりはマシと言う結論になったのか、蓮弥はもらったペンを虚空庫《こくうこ》へしまいこむ。

なんとなく、しまったまま忘れそうな気がしたので、すぐにシオンとローナとアズには書いておくことにする。

３人ともまだ意識を戻していないし、ちょうどいい。

「さて、それじゃ私は懐かしき我が故郷たる魔族の大陸に帰るとするよ。また会えるといいねぇレンヤ君」

「御免蒙《ごめんこうむ》りたい。次にもう一回やっても、勝てる気がしない。帰る前にダンジョン埋めとけよ？」

今回自分がエミルに勝てたのは、エミルがその身体の性能を最初から全開にして襲い掛かってこなかったせいだと蓮弥は思っている。

少しずつ観察したり、試《ため》してみたりしているうちに下手を打ったのがエミルの敗因だ。

例えば最初から、あの触手で蓮弥の左肩を打ったような攻撃を、急所狙いで両腕同時に放てるだけ放っていたら。

おそらく目の慣れていない状態では回避もままならず、やられていたはずだと蓮弥は思っていた。

その辺りが戦いを生業とする者と、研究者の差と言えるのかもしれない。

「かもしれないが、君とはもうやらない。君はなかなか面白いし、迷い人だというのも興味をそそられる」

「迷惑《めいわく》だ……」

「そうかねぇ？　私と仲良くしておくと、色々と便利だよ、レンヤ君」

その後、エミルと別れた蓮弥は、一人でとぼとぼと馬車を走らせ、意識の戻らない7人を運ぶことになった。

行きにある程度、シオンから馬車の扱《あつか》いを習っておいてよかったと、心の底から思った蓮弥である。

結局、7人は街に着くまで意識を取り戻すことがなく、街に着いた途端に次々と意識を取り戻した。

絶対エミルに何か仕込まれた結果だと、蓮弥は確信に近いものを抱《だ》いているが、それ以上の妙《みょう》な真似《まね》はおそらくしていないだろう事も同じくらい確信している。

ただ意識はもどったものの、血を失ったり、怪我をしたりと言ったことに関する体力の低下は、その時点ではまだ回復しておらず、蓮弥は街に戻って真っ先に全員を門の衛兵から聞きだした、腕がいいと評判の医者の所へ強制的に入院させた。

全員分の手続きを終わらせると、その足でギルドへ向かい、ゼストとハルツのパーティが全滅したことと、ダンジョンコアを破壊《はかい》したことを報告。

報告終了《しゅうりょう》後、そのままフリッツに捕獲されて別室に連行された。

「何があったと言うんだ？　もちろん報告してもらえるよね？」

「浅いダンジョンだったが、魔族がいた。そいつにパーティ二つ皆殺しにされただけさ」

「本当だとすれば由々しき事態だ。法術〈審議〉による確認《かくにん》を取るが、協力してもらえるね？」

「金は出せよ？　タダ働きしてやるような義理はないからな」

すぐに〈審議〉の法術が使える僧侶《そうりょ》が呼び出され、蓮弥への質疑が始められた。

「街のあんな近くにあるダンジョンに魔族がいたと言うのは本当か？」

「本当だ」

「その魔族にハルツとゼストは殺された、と？」

「そう言っている」

「その魔族はどうした？」

「交戦したが、仕留め切れず。魔族は逃げた」

〈審議〉の法術は、蓮弥の言葉を全《すべ》て本当であると判断し、ギルド中が大騒《おおさわ》ぎとなった。

何をそんなに騒ぐことがあるのか、蓮弥には理解できなかったが、走り回るギルドの職員を捕まえて尋《たず》ねてみると、どうも人里の近くに魔族が出ると言うのは、下手をすると街が一つ二つ簡単に壊滅させられてしまうような一大事であるらしかった。

新しい調査チームを組んだり、街の防衛体制を組み直すような依頼《いらい》をする為にばたばたし始めたギルドを横目に見つつ、解放された蓮弥は〈審議〉の法術というのは使いようによってはなんの意味もない術なのだなぁと感じている。

ハルツとゼストに関しては、エミルに捕獲された時点では、酷《ひど》いナリではあったが生きていた。

おそらく、実際に二人を殺したのは、あの時人型と戦った蓮弥達《たち》4人のうちの誰かだ。

なんとなく自分が斬った7人の中にいたような気もしていたが、斬った相手のことなどいつまでも覚えているわけがない。

ここで、魔族にハルツとゼストが殺されたという問いかけに、はい、と答えていたら〈審議〉は嘘《うそ》の判定をしたはずだ。

しかし蓮弥の答えは「そう言っている」でこれを〈審議〉は真であると判定した。

蓮弥は嘘は言っていない。

ただ、言葉足らずで、きちんと補足するならば「俺《おれ》が、そう言っている」と答えたつもりだったのだ。

これならば、実際がどうであろうが、蓮弥が魔族がやったと言っていることだけは確かなのだから、何も嘘は言っていない。

魔族のその後についても、きちんと報告するならば「交戦したが、取引の結果見逃してやったので、仕留め切れず。魔族は逃げた」が正しいが、こちらもやはり言葉が足りないだけで嘘は言っていない。

実のところ、嘘だとバレても命に関わることだから言えないと言い張るつもりでいた蓮弥だったのだが、拍子抜け《ひようしぬ》けするくらいあっさりと解放されたので逆になんだか悪い気がするくらいだった。

同時に、ローナが〈審議〉の法術を使うようなことがあった場合は質問に気をつけようと固く心に誓う。

多分、魔族が出たと言う情報のインパクトが大きすぎて、蓮弥の証言の中身まで気をつける余裕が、ギルドの職員達の頭からきれいさっぱり吹き飛《ふと》んでしまったのだろう。

加速度的に混乱の度合いを深めていくギルドを、完全に他人事の目で見ながら、蓮弥は依頼終了《いらいしゆうりよう》の報告と、ダンジョンコア破壊の証拠を提出し、依頼報酬《ほうしゆう》4パーティ分の金貨24枚と、ダンジョンコア破壊《はかい》報酬の金貨10枚、それにダンジョンコア買取りの金貨60枚とギルドへの協力の報酬として金貨6枚の計100枚の金貨を受け取ると、ギルドを後にしたのだった。

エピローグ　後日談らしい

「それで、アズ達はどうするんだ？」

作ったパン種を入れた陶器のビンに蓋をして、傍《かたわ》らで本を読む魔術師《まじゅつし》に蓮弥《れんや》は尋ねる。

場所は、蓮弥が泊まっている宿。

時間は昼下がりと言った所で、客足は少なく、店内はがらんとしていて空席が目立つ。

蓮弥と同じテーブルには、シオンとローナにアズの姿があった。

椅子《いす》に深く腰《こし》をかけ、背もたれに力なく背中を預けたアズの姿は痛々しい。

灰色のローブは新しいものに代えているが、その端々から覗く肌《はだ》には、白い包帯がぐるぐるとかなりの範囲《はんい》にわたたって巻かれている。

近くにいる蓮弥には、その包帯から漂う薬品の匂いが妙に鼻についてしまうが、相手は怪我人なので文句を言っても始まらないと我慢。

これに対して、ローナはいつもの僧服《そうふく》だが、覗く肌の上には包帯も巻かず、薬品の匂いもしない。

だが、非常に疲れたような顔をしており、今もだらしなくテーブルの上にぐったりと身体を投げ出している。

そんなに辛いのならば、寝《ね》ていればいいものをと蓮弥は思うのだが、何か譲れないものがあるらしい。

二人の怪我の具合は、実の所あまり差はなかった、とは街に戻《もど》ってから治療を担当した医師の話だ。

どちらの怪我が、実際は酷かったのかは、蓮弥にも見当がつかなかったが、二人がほとんど同じ状態だったのには心当たりがある。

たぶんだが、あの魔族の研究者が、死なない程度に治療しとけばいいか、位の考えで大体同じくらいの回復で止めたのだろう。

意識を取り戻した後、ローナは自分の治癒法術で怪我を治し、アズは医者が処方した塗り薬で治療することを選んだ。

これが現状の二人の差と言える。

法術において一般的《いっぱんてき》に使われる治癒法術は、対象の体力を消費する代わりに怪我を治すといった効果を持つ。

だから、ローナのように一気に治癒を施すと、体力をがっつりと持っていかれる結果と

なり、多大な疲労感に苛《さいな》まれることになるのだ。

「どうするとは?」

読んでいた本のページから視線を上げてアズが問い返す。

体力に自信の全くないアズは、ローナから治癒法術による治療を勧められたのだが、これを丁寧に断り、ゆっくりと回復させることを選んだので、姿は痛々しいが、ローナのように疲れきった表情はしていない。

痛みの方も、塗り薬にそういった不快感をある程度麻痺《まひ》させる効能があるようなので、思ったより辛くないらしい。

「パーティメンバー、冒険者を辞《や》めたんだろ?」

命に別状はなかったが、身体の一部を失ってしまった上に、あの巨大な肉の塊に飲み込まれてもみくちゃにされるという経験は、アズのパーティメンバー達に大なり小なり差はあれど、結構なトラウマを与えていた。

命だけでも助かったのは儲けものだと、今回の報酬を手にしたアズの護衛4人は、冒険者を辞めて田舎《いなか》に帰ると言い出した。

全員、冒険者になる前は、とある村の農家の出身だったらしく、その村に帰って家の稼《か》業《ぎょう》を手伝うらしい。

アズは今まで世話になったお礼だと、今回の自分達の分の分け前を、ほぼ全て4人に持たせてやった。

一人頭で割ると、大した金額にはならなかったが、それでも田舎で農業をする支度金《したくきん》くらいにはなるだろうとアズは笑った。

「そうだな。俺のパーティは解散になった」

大して気にしていないようにアズは言うが、聞いた3人の顔は曇る。

今まで活動してきたパーティが解散することが、アズにとって気にならないわけがない。

それでも、表情を変えないのは、思い悩んだ所で状況は変わらないと割り切っているのか、それとも蓮弥達に余計な気を使わせたくないと、逆に気を使っているのか。

「月並みな台詞《せりふ》だが、うち来る？」

肯定的《こうてい》な返事をもらえれば、すぐにシオンとローナを説得するつもりで尋ねる蓮弥。

「有難《ありがた》い申し出だがな」

笑顔《えがお》を苦笑《くしょう》に変えて、アズは首を振った。

「どこか別に誘《さそ》われているパーティでもあるのか？」

「実は働き所が一つある。冒険者を辞めるつもりはないが、しばらくそこで厄介になるつもりだ」

「へぇ。どこだ？」

「学校だ」

アズが言うには、ククリカには冒険者を育成するための学校があるらしく、そこの臨時教師としての話が前々からあったのだと言う。

冒険者の仕事の方に専念しているから、と断っていたのだが、それならば暇になってからでもいいから、と言われていたので、折角《せっかく》の機会だからそこにしばらく勤める気なのだと。

実戦経験があり、そこそこの実力を持った魔術師と言うのは、中々学校の教師のような立ち位置に来てくれることがないので、学校側としては、常日頃から隙を狙って勧誘を続けているのだ。

「冒険者育成の学校ねぇ……冒険のお作法なんてものとかを教えてくれるのか？」

なんだかろくでもないものを育てる学校もあったものだと言う蓮弥。

「そうでもない。貴族の家に生まれても、家も継げず、婚姻のネタにすらならない冷や飯食いは冒険者になるんだぞ？」

長男は家を継ぎ、次男は長男の補佐、あるいは長男が夭逝《ようせい》した場合の代替として家に残る。

しかし三男以降は家に残れば家督争い等のネタにされることが多く、長男や次男からすれば邪魔《じゃま》な存在になり、普通はある程度の年齢《ねんれい》になった時点で家から追い出される、もしくは自分から家を出るのだとアズが言う。

ここで、ある程度以上優秀な者は自力で役人等の職につき、それを良しとしない、あるいはそうしたくても出来ない程度の能力しかない者が冒険者に流れる。

これが女子の場合は他家へと嫁《とつ》がされるネタになるのだが、引く手がないような性格であったり、もしくは顔の造形に問題のある者や、親の都合で結婚なんかしてたまるかと逃げ出した者などが冒険者になりやすいらしい。

「ま、学校自体は貴族の長男、次男も家を継ぐまでの教育の場として、入学したりするんだがな」

馬鹿《ばか》を冒険者にしてしまうと、ロクなことがないので、一般教養も教えるのだとアズは言った。

「貴族様相手か……気が滅入るねぇ」

ちらとローナを見ながら、蓮弥が言うと、その視線が自分の方を向いているのに気がついたローナが、一体何の意味があるのだろうと一瞬《いっしゅん》考えた後、億劫《おっくう》そうにではあったが、首を振った。

婚姻を嫌《いや》がった貴族の女子が冒険者《ぼうけんしゃ》に、のくだりでなんとなく視線を向けてみたのだが、どうやら自分達は違うと言いたいようだ。

言われて見れば、シオンは、黙ってさえいれば非常な美少女だ。

口を開いてしまうと、武人っぽかったり、やや頭の悪い所を剥《む》き出《だ》しにしてしまったりするが、それを差し引いても仮に貴族の娘《むすめ》なのであれば、婚姻の誘いは引く手数多《あまた》どころの話ではないだろう。

それを振り切って逃げたのだとしても、追っ手が星の数ほどかかるだろうことは容易に想像がついた。

「人材の育成は大切な仕事だからな。大変な仕事だとは思うが、頑張ってくれ」

そう言ったのはシオンだ。

シオンに関しては、エミルの施術がおざなりだったことから蓮弥もなんとなく察していたが、怪我自体は大したことがなく、街についてからも一番最初に医師から帰ってよし、と言われていた。

ローナがそっと調べてみた所では、治癒法術すら必要なく、蓮弥が心配していた風邪もひかなかった。

これを無駄《むだ》に頑丈と評価するのか、それともエミルの一撃《いちげき》をそのくらいのダメージで受けきったすごい剣士《けんし》と評価するのかは判断に悩む所だったが、シオンとしては、魔族相手に何も出来なかったことが不甲斐《ふがい》ないらしく、街に帰ってきてからは毎日、ギルドの施設の中の訓練所に通っては飽きるまで剣《けん》を振るう毎日を送っている。

「何か手伝えることがあったら、手伝うから連絡《れんらく》くれ。俺で出来ることがあればだがな」

「それは有難い申し出だな。そんな時には頼らせてもらう。思えば今回の仕事は金にはならなかったが、お前と縁《えん》が出来たのは良い収穫だった」

読みかけの本を閉じ、テーブルの上におきながら笑ったアズの表情は、とても陰険魔術《まじゅつ》師《し》等という評価を下せるような顔ではなく、つられるようにして蓮弥も僅かにだが笑った。

「俺はそれでいいとして。レンヤ達は変わらず冒険者稼業《かぎょう》を続けるのだろう？」

「そうだな。一応、当初の目的が拠点《きょてん》を得る為《ため》に金を稼《かせ》ぐ、だからなぁ」

「今回の……報酬はそこそこでしたが……まだ足りないです……し……ねぇ……」

息も絶え絶えな様子のローナ。

搾り出すような声は、瀕死《ひんし》状態になっているのではないかと、他の３人に危惧《きぐ》を抱かせる。

「拠点……家みたいなものか。それは確かに冒険者でも欲《ほ》しいものだな」

「成り行きの話なんだが、パーティ全員で住むつもりだから、大きさもそこそこないとい

「そうなのか？　また一つ屋根の下に女二人と同棲《どうせい》とはいいご身分だ」

　せいぜい苦労しろ、と笑うアズに、蓮弥はげんなりとした表情を向けるに止《とど》めた。

　それにしても今回は危ない仕事だったと蓮弥は天井を仰ぎつつ思う。

　一つ間違っていれば、エミルの実験材料にされていたのは自分達だった、と言うことにもなりかねない状況であったし、出会ったのが物好きな研究者ではなく、それなりの戦士だったら、やはり殺されているような仕事だった。

　金を稼ぐ以上、リスクはつきものだとしても、もうちょっと難易度の低い依頼から入りたかったとしみじみ思ってしまう。

　なんといっても、蓮弥にとっては正式なギルドからの仕事は今回のこれが初めてだったのだから。

　その初めての仕事で、仲間の半数が死亡し、魔族との因縁ができてしまうと言うのは、どう考えても運が悪すぎる。

「幸運に頼るのは阿呆だが、不運を呼び寄せるのも阿呆だ。俺としては適宜適度に適当に。あの幼女との約束が守れる程度に生きられれば、それでいいんだが……もっと楽に生活できないもんかね？」

けないしなぁ」

誰にも聞こえないように小さく呟《つぶや》いた問いかけは、やはり誰に聞かれることもなく、宙に溶《と》けて消えるのだった。

第?章

剣も魔法もあるらしい

蓮弥《れんや》にとっての初ダンジョン行《こう》が、予期せぬ魔族との戦闘発生という事態に陥《おちい》り、どうにかこうにか魔族を撃退して生き残ったものの、それに関するあれやこれやでどたばたとした時間が過ぎ去って、どうにかこうにか平穏と呼んでも差し支えの無い時間がやってきた時のお話である。

一体何がどうしてこうなった、と蓮弥はともすれば荒くなりがちな息を抑えようと自分の口を自分の手の平で塞ぐ。

途端《とたん》に息苦しさを感じ、胸の動悸《どうき》が跳ね上がりかけて、慌《あわ》てて蓮弥は口を押さえているのとは反対側の手で自分の胸を押さえた。

いつもならば、そこには硬く平たい筋肉の感触《かんしょく》があるはずだったのだが、今蓮弥の手の平の下には酷く柔《やわ》らかく頼りない感触。

平たく言えば女性の胸がそこには存在していた。

言うまでもなく、蓮弥は紛れもない男性である。

だというのにとある朝、宿屋の自分の部屋で目を覚ました蓮弥は、妙な体の違和感《いわかん》を覚えてベッドの上で半身を起こしつつ、眠気《ねむけ》の残る顔のままなんとなく自分の胸に手を当てて、そこにやたらと豊かな二つの膨らみが存在していることに気がついて、眠気が吹き飛んでいった。

慌てて自分の下腹部に手を当てれば、今度はそこに在るべき代物《しろもの》が存在していない。

この二つの現実に、一瞬パニックに陥りかけた蓮弥であったのだが、荒くなりかけた息と跳ね上がりかけた胸の動悸を手の平で抑《おさ》えて、ひたすら落ち着けと念じ続けると、状況はさっぱり飲み込めないものの、まるで自己暗示でもかけたかのように息遣いと動悸が治まっていくのを感じる。

「何が……どうなっているんだ？」

思わず口にした声も、いつも聞いている自分の声に較べてやや高い。

少しハスキーな女性の声、といってしまえば通用するであろう自分の声に、蓮弥はもう一度混乱に陥りかけて、慌てて再度自己暗示をかけるように落ち着けと念じ続けて、混乱に陥るのを避ける。

下手な混乱に陥らないように、蓮弥は状況を整理してみた。

昨日の夜、ベッドに入って目を閉じるまでは間違いなく自分が男であったことは、記憶《きおく》にしっかりと残っているので、実は元々女性だったという線はない。

眠《ねむ》っている間になんらかの方法で性別を転換させられた可能性も考慮《こうりょ》してみるが、少なくとも蓮弥は自分の体になんらかの処置、しかも性別を転換させるようなものを施そうとするものが、扉《とびら》を開けて部屋の中に入ってくることに気がつかないほど眠りこけていたという実感もない。

だとするならば、原因は昨夜ベッドに入って眠りにつく前のどこかにあると考えるのが自然であった。

そうはいっても昨日の朝から眠りにつくまでの間の行動を一つずつ思い出してみた所で、これが理由だろうという事柄も思い当たらない。

もしかして、異世界補正による迷い人への影響《えいきょう》か何かであるのだろうか、とも考えてみるが、そんな影響があるのであればこちらの世界に送り込まれる前にあの神様っぽい何かが説明してくれていないとおかしいと蓮弥は考える。

もし、説明忘れなのであれば、必ずいずれもう一度会って、酷い目にあわせてやらねばならないと考えるが、一応頼《たの》んで世界を渡《わた》ってもらう相手に、性別が変わるような何かがあるかもしれませんという説明をし忘れるというのも考えにくく、ならば結局何が原因なんだという最初の疑問へ戻ってきてしまう。

「レンヤ、いるか?」

考えがまとまらないままに、どうしたものかという言葉だけが頭の中をぐるぐると巡り始めた蓮弥をさらに追い詰めるかのように、部屋のドアの外から声をかけたのはシオンであった。

一瞬、居留守を使おうかと考えた蓮弥であるが、この世界に縁もゆかりも無い蓮弥が、シオンやローナに黙って部屋を空けるというのは、いくらなんでも考えにくいことであり、ここで居留守を使おうものならば、一体蓮弥はどこへ行ったんだと騒ぎになることは間違《まちが》いない。

そしてそんな騒ぎになってから、自分が実は私が蓮弥ですと名乗り出てみた所で、誰も信じてくれない状況になるだろうと考えた蓮弥は、ほんの僅かに迷った後、ベッドから降りて部屋の扉を開ける。

「あぁいたのかレンヤ。そろそろ朝食の時間だから一緒《いっしょ》にどうかと思っ……た……ん」

開いた扉をくぐって、部屋の中に入ろうとしたシオンの声がたどたどしく止まる。

どこか夜道で幽霊を見たような、驚《おどろ》きと恐怖と信じられなさが入り混じったような表情で、なんとも言えずに黙ってシオンを見つめている蓮弥の顔を見たシオンは、どこか錆《さ》び付《つ》いたようなぎこちない動きで蓮弥の顔からゆっくりと視線を胸元《むなもと》へと落とし、そこからさらに足元までをゆっくりと見た後で、足元へ視線を向けるまでにかけた時間の倍以上の時間をかけてゆっくりとまた蓮弥の顔まで視線を上げた。

シオンが視線を一往復させ、ゆっくりと口を開いた時。

悲鳴を上げられるのか、それとも一体誰なのかと誰何《すいか》されるのか、いずれにせよ騒ぎ立てられることだけは間違いなさそうだと、蓮弥は目を伏《ふ》せて溜息《ためいき》をついた。

だが、シオンの口から漏れた言葉はその蓮弥の予想を大きく裏切ることになる。

「お姉様……」

「は？」

「ち、違《ちが》った！　えぇっと……美人さん！　じゃなくて、おっぱい大きい……でもなくて……」

「あぁうん？　とりあえず落ち着け。深呼吸して、ほら」

顔を赤らめつつばたばたと手など上下に振《ふ》りながら、部屋の入り口でどたばたし始めたシオンを落ち着かせるように、蓮弥はゆっくりとなだめるようにそう言いつつシオンの肩に左手を置く。

そこから伝わる温かさに、シオンの動きが止まり、視線が蓮弥の顔の位置で固定された。

全く、パニックに陥って大騒ぎしたいのは自分の方なんだけどなと思う蓮弥の目の前で、シオンが感嘆《かんたん》の吐息《といき》と共に呟く。

「お姉様」

「……目を覚まそうかシオン……」

シオンの左右のこめかみに、握《にぎ》り拳《こぶし》を押し当ててぐりぐりと押し潰すように圧迫《あっぱく》してやれば、すぐさままたまらずにシオンが悲鳴を上げた。

その悲鳴を聞きつけて、何事かと駆《か》けつけたローナではあったが、目の前に広がる光景に言葉を失って、悲鳴を上げているシオンを助けることができない。

「え……？　一体どなた……？」

どことなく見たことのあるような顔立ちの女性が、シオンの頭を拳で左右から押し潰そうとしている光景を見て、どう行動したらこの場合は最善であるのかの判断がローナにはつかない。

全く知らない相手なのであれば、叩《たた》きのめしてでもシオンを救ったのであろうが、シオンに危害らしきものを加えている女性は、ローナから見てどことなく、どこかで見たような顔立ちで、それがローナの行動を阻害《そがい》していた。

「まぁ、それが普通《ふつう》の反応だよな……」

ぐりぐりと抉《えぐ》るように左右の拳を動かしながら、蓮弥は言った。

その拳の下で、シオンがなんとかその致命的《ちめいてき》な重圧から逃げ出そうともがいているが、全く逃げ出せそうな気配がない。

「まさかレンヤ？　え、そんな⁉　一体何が……？」

少し女性っぽくはなってみても、その声音《こわね》としゃべり方から、ローナは正解を導き出して見せた。

その洞察力に、蓮弥は内心舌を巻く。

「それは、俺が聞きたい」

「と、とにかく部屋の中へ。そんな所を誰《だれ》かに見られでもしたら……問題なさそうですね」

慌てて二人を部屋の中へ押し込もうとして、よくよく考えてみたローナはそもそも蓮弥のことを知っている人間がそれほどおらず、さらに状況としては女性二人が部屋の入り口付近でじゃれあっているだけにも見えるので、特段問題はないだろうとローナは判断した。

「とりあえず、そのままでもよろしいですから、中へ入りましょう二人とも」

「え？　ちょっとローナ⁉　た、たすけ……あ、痛たたたた⁉」

「落ち着いてるな、お前……」

もがくシオンを力で押さえつけて、ごりごりと頭蓋骨を磨《す》り潰《つぶ》さんばかりの勢いで拳を動かし続けている蓮弥が感心したようにそう言えば、ローナは蓮弥の肩を押すようにして二人を部屋の中へと押し込みつつこともなげに答えた。

「私まで慌ててしまうとこの場合、収拾がつかなくなりそうですので」

「うん？」

「結構、混乱してますよね、レンヤ」

自分ではそれなりに落ち着いているつもりであった蓮弥なのだが、自分でも気がつかない心のどこかでは相当に気持ちが乱れていたらしく、それが表情のどこか一端に表れてしまっていたらしい。

思わずシオンを拘束《こうそく》していた手を離《はな》し、自分の頰《ほお》に手を当てつつ蓮弥はそれを見抜かれたことに驚きを覚える。

「大したものだな」

「手のかかる子に付き従っておりますので」

こめかみに加えられたダメージからか、蓮弥が手を離すと同時に目を回して床に倒れ込んでしまったシオンを、ローナがいつものことであるかのように抱き起こすと、部屋のベッドの上にそっと横たえる。

そこは自分のベッドなんだけどなと思いつつ、意識を失っているシオンを床に放り出せともいえずに、蓮弥はなんとなくそのベッドの縁《ふち》に腰《こし》掛《か》けた。

「それで、一体何があったというのですか？」

自分もベッドに腰掛けてしまうと、女性３人がベッドの上で身を寄せ合うような形になり、それはどうなのだろうとでも思ったのか、ローナは一人で部屋に一つだけあった椅子を引き寄せて蓮弥と向かい合うような形に座った。

「それは俺が聞きたい所だな……こっちの世界にはこんな病気とか現象があるのか？」

「私は賢者と呼ばれるほど広い知識や見聞を持っているわけではありませんので、絶対にとは言い切れないのですが、聞いたことがありません」

ふむ、と一つ頷《うなず》いて蓮弥はベッドの上へ手をついて少し体を傾けると、ごく自然な動作で足を組んだ。

その仕草を見ていたローナの表情が僅かに硬くなる。

表情の変化には蓮弥も気がついたが、その表情の意味する所が分からずに眉根を寄せたが、ローナの視線は蓮弥が組んだ足から腰の辺りに注がれており、微動だにしない。

「ローナ？」

不思議そうに呼びかける蓮弥の声に、ローナは反応しない。

（うわ、足首が細い……そしてなんですかあの腰回りのきゅっとした感じは。さらにお腹の辺りの引き締まり具合とかもう反則としか言えないですし、シャツの盛り上がり方からしてあの辺りのボリュームも、私並みで釣鐘型とか、どうなってるんでしょうかこの人の体は、全く垂れる気配が無いですよこれ……しかも全体的な曲線が艶《なまめ》かし……ってちょっと身じろぎしただけであんな……揺れ……うわ、うわ、うっわー……さらに顎の線が鋭《するど》くて細い……目つきの鋭さとかもうおねーさまーっ！　って感じですし……髪型は男性の時のまんまですけれども、それがまた倒錯した感じで……）

「あの、ローナ……？」

「はい、正直たまらないですね」

思わず、内心の声を口にしてしまったローナは、そのことに気がついてはっとした表情を見せるが手遅れである。

しまったと口を手で塞ぐローナから、蓮弥はずりずりとなるべく距離《きょり》を取るようにベッドの上を移動し、最終的には一番離れているだろうと思われるベッドの端《はし》っこまで移動してしまった。

「あ、いえその……」

「見境《みさかい》なしか、お前は」

「そ、そ、そんなことより！」

このまま進めばどこまでも墓穴を掘《ほ》ることになるだろうと考えたローナは、多少強引《ごういん》に話題の転換を図る。

蓮弥としても、墓穴を掘り続けたローナが、想像もつかない行動に出てこられるような事態になっても困るので、その話題転換には即座に乗ることにした。

「一体何故《なぜ》、そんな美味《おい》し……もとい、不思議な状況になってしまったのか、ということが重要です」

「うん、普通なら聞き流せない部分があったが、今だけは聞き流そう」

「昨夜までは普通だったのですから、何かあったのであれば昨夜から今朝に至るまでの間だと思うのですが、何かありませんでしたか？」

問われた蓮弥は、これまでの自分の行動や周囲の状況を再度思い起こしてみるが、これは特別なことだろうと思えるようなことは何一つ無かったとしか思えない。

「何か、妙なものを口にした、とかでもいいんですが」

「妙なもの、ね……」

言われてふと、思い出したことがある蓮弥はなんとなくではあったがそれを口にする。

「そういわれてみると、昨夜の夕食の終わりに出たお茶が妙に不味《まず》かったな」

「あれ？　あれってレンヤのお茶じゃなかったのか？」

いつの間にか意識を取り戻していたらしいシオンが、ベッドの上に横たわったまま蓮弥にそう尋ねた。

「あれとは？」

「夕食の時にレンヤの席のテーブルの上にお茶の葉っぱがあったものだから、きっとレンヤのだろうって思ってポットにぽいっとね……」

「お茶の葉っぱをテーブルの上に置いておく奴《やつ》なんて、いないだろう？」

半眼で睨《にら》みつけるようにして蓮弥がそう言えば、顔を引きつらせたシオンは慌てて蓮弥に背中を向けるようにすると、再び意識を失ったふりをし始める。

もちろん、無駄な努力ではあるのだが、今はそれを咎《とが》めるよりも先にしなくてはならないことがあるので、一旦シオンのことを蓮弥は頭の中から追い出しておく。

「そんな薬とか毒とかに心当たりはあるか？」

問いかけながらも蓮弥は、たぶんそういった要因ではなさそうだな、と考えていた。

蓮弥がこちらの世界に来る時に、あの幼女神様からもらった恩恵《おんけい》の中には〈健康体〉というものがあり、もし今の蓮弥の状況が毒等によるものなのであれば、この技能がそれを無効にしてくれているはずだったからだが、ローナの返答は蓮弥の考えとは異なっていた。

「毒はありませんが、薬なら。たぶん、シオンが拾ったのは魔法薬の類《たぐい》なのではないかと」

「魔法薬？」

言われて蓮弥は思い出す。

あの幼女神様はこの世界の事を剣と魔法の世界だと言っていた。

しかしながら蓮弥は、現在に至るまでこの世界において魔法というものを目にしていない。

この世界でそれらしい現象は全《すべ》て魔術《まじゅつ》という呼ばれ方をしていたのだから。

妙《みょう》だな、とは蓮弥も思っていた。

魔法がこの世界にあるのであれば、それを扱う魔法使いがいなくてはおかしい。

だというのにこの世界にいるのは魔術を扱う魔術師しかいないのだ。

「魔法薬、というのは一言で言ってしまえばめちゃくちゃな現象を引き起こす薬のことです。魔術薬が傷を治したり、毒を消したりときちんと効能が決まっているのに対して魔法薬は効能が全く分かりません。まさに飲んでみてのお楽しみ状態なのですが、その効能は魔術薬とは比較《ひかく》にならない程《ほど》とんでもない効能があります。性別転換とか、死者蘇生《そせい》とか、黄金変換とか……」

「私達《たち》も同じお茶を飲んだはずなんだが……」

蓮弥と視線を合わせづらいのか、背中を向けたままでシオンが言うとローナはしばし考えをまとめるかのように黙り込んでから、その質問にこう答えた。

「男性にのみ反応する性別転換薬、だったとしか」

「そんなものがそうあちこちに落ちているものなのか？」

自分が陥っている状況から考えれば、歓迎《かんげい》したくない現状ではあったがローナの話を聞く限りでは比較的被害《ひがい》の少ない状態かもしれない、と蓮弥は考え始めていた。

例えばもし、黄金変換薬のようなものを飲んでしまっていたとしたら、今頃生きているか死んでいるかは別としても、全身が黄金と化してしまっていたかもしれないのだ。

そう考えれば性別転換くらいなのであれば、まだ許容範囲かもしれない、と蓮弥は思う。

同時に、蓮弥の〈健康体〉の技能が働かなかった理由もなんとなく理解できた。

現在の蓮弥は性別が男性から女性に変化しただけであり、体としては健康なままなのだ。

健康が損なわれていないのだから、技能が反応するわけもない。

「魔法薬は、通常なんらかの遺跡や迷宮で極稀《まれ》に発見されるくらいで、市場に出回ることはまずありません。無論、その辺に落ちてたりすることも」

「だったら……」

「ただ……それが魔法薬だと気づかれないままに廃棄《はいき》されることや、魔法薬だと分かっても、捨てられることは実は多いそうです」

「何故だ？　それだけ希少なら、さぞかし高値がつくんだろうに」

大凡《おおよそ》どこのどんな世界でも、希少価値というものには高値がつくものだろうと蓮弥は思う。

ましてそれが、ほとんど世に出回らない物なのであれば、好事家《こうずか》と呼ばれる人種にとってはまず間違いなく食指が動く代物のはずであった。

「それは、薬の外見が多種多様すぎるのと、効能が飲んでみるまで分からないせいです。鑑定《かんてい》が全く効かない上に、何かとんでもない現象を引き起こす可能性が常に存在する危険物ですから。伝承では死者蘇生薬だと偽って魔法薬を買わされ、一国が滅んだこともあるそうですから」

「危なくて、扱《あつか》えないわけか」

「ええ、だからといってそれを食卓《しょくたく》の上に捨てていったり……」

ちらりとローナはいまだに背中を向け続けているシオンへ目をやって、溜息混じりに続けた。

「捨てられてるそれを、疑いなく食べてしまったりすることが多々あるとは言いませんが」

「食卓の上にあったから、食べられるのだろうと思ってしまったことは責めづらいが……せめて確認《かくにん》はするべきだったな」

蓮弥がぽんぽんと、背中を見せているシオンの足を叩《たた》いてやれば肩越《かたご》しにちらりと蓮弥を見ながら、シオンはおずおずとした口調で蓮弥に聞いた。

「怒《おこ》ってる？」

「呆《あき》れてはいるが……怒ってはいない」

この場合、呆れられるのと怒られるのとではどちらの扱いが酷《ひど》いのだろうと考え始めたローナ。

怒っていないと言われてシオンは、ベッドの上で体を起こして蓮弥の顔を覗きこむ。

「本当に怒っていないのか？」

「あぁ……理由が分かれば騒ぎ立てるほどのことでもない。なんとなくだが、この効果は永続しない気がするしな」

口ではそう言ったものの、実の所蓮弥はこの時点で既《すで》に元の体に戻る方法を見つけていた。

〈健康体〉の技能は通常、健康を損なうような異常に対して自動的に発動するタイプの技能ではあったが、これとは別に、使用者が異常であると認識した事態に対しても発動させることができることに会話の途中《とちゅう》で気がついた、というよりは都合よく発動したヘルプ機能が視界の端にそんな文面を吐き出し始めていたのである。

つまり、蓮弥が異物だと認識した性別転換薬に対しての解毒作業が既に開始されていたのだが、流石《さすが》は魔法薬というべきなのか、即座に解毒できるようなものでもなく、ある程度時間が必要なようだったので、蓮弥は永続しない気がする、と言ったのだ。

「そうですか？　それなら良いのですが、どちらにせよしばらくは様子を見るしかないですしね」

自分達では手の打ちようがないのだから、様子見以外に取れる手段がないというローナ。

それを聞いたシオンがぐっと握り拳を作り、蓮弥に顔を近づけつつ妙な力説を始めた。

「私はレンヤが男性でも女性でも大歓迎だぞ！」

「あぁ、うん。それは、ありがとう？」

「むしろ、同性の方がスキンシップがしやすくて良いくらいだ！」

「うん？」

男でも女でも、どちらでも構わないといってくれたことに関しては、蓮弥個人を仲間としてみてくれているのだろうと多少嬉しさを覚えなくもない蓮弥であったのだが、続くシオンの言葉に何かしら雲行きが怪しくなってきたような気配を感じる。

「とりあえず、いつもはしにくいスキンシップをしよう！」

「うん？」

「それが済んだら、みんなでインナーを買いに街に出よう！」

「いやそれはちょっと、別にずっとこのままというわけではないのだし？」

「何をいうんだレンヤ。インナーは大事なのだぞ。体に合わないものをつけると線が崩れるんだ」

力説するシオンの迫力に押されつつ、蓮弥はこの世界にも矯正下着のようなものがあるのだろうかという現実逃避をしかけていた。

自分の体の変化による混乱もさることながら、シオンのテンションの上がり具合についていけないことを、蓮弥は自覚し始めている。

「それが終わったら、お風呂で体の洗いあいをしよう、お姉様！」

「待て、色々と待て、俺《おれ》は男だ。誰がお姉様だ⁉」

「現状、レンヤ以外に該当《がいとう》する人物はこの場に存在していないと思いますが？」

冷静にローナに突っ込まれて、蓮弥の動きが止まる。

そこへ畳み掛けるかのように、ローナが言葉を続けた。

「まごうことなくお姉様状態ですよ、レンヤ。全くどちらの麗人様ですかと目を疑うばかりです」

「え？　いやだって、それは……」

蓮弥は自分で自分の顔を見ておらず、単純に男の体に女性の胸がくっついている気持ちの悪い状態になっているのだろうと軽く考えていた。

元々が男性であるせいなのか、蓮弥の注意は胸元や、もう一箇所位にしか向いておらず、足首が細くなっていることや、指がしなやかになっていたりすることには気がついていなかったのである。

凍結しかかった蓮弥の思考に、ローナの溜息混じりの声が、どこか遠くの出来事であるかのように聞こえてきた。

「私もシオンも、長女でして姉がおりません。一度くらい私達にも姉様がいれば等というような、少女の淡い想いがあったことくらいはご理解頂けますよね？」

言いながらも少しずつローナがにじり寄ってくる。

前にも似たような状況があった気がする蓮弥だが、今現在感じている身の危険は、その時の比ではなかった。

思わず後退しかけた蓮弥は、背中にかすかな衝撃《しょうげき》を感じて後退を止める。

その正体を探る間もなく、右腋《みぎわき》の下を潜ってきたシオンの手がそっとではあるがしっかりと蓮弥の胸の双丘を捉え、反対の手が腰《こし》から腿《もも》の上を通って内股へおそるおそるではあったが、蛇のような滑らかさでもって差し込まれてきた。

驚いて体を離そうにも、前からはローナが来ており、逃げ場が存在していない。

「姉様……」

囁《ささや》くような声がハモった辺りから、蓮弥の記憶は定かではない。

悲鳴を上げたような気もするし、背後に肘鉄を入れつつ、前から迫ってくる何かに思いっきり頭突きをかました気もする。

結構本気で攻撃《こうげき》したつもりであったのに、即座に復活して掴《つか》みかかってくる様子は、なんだかゾンビを相手にしているような気がして、恐怖を覚えたような気もしていた。

そんなあやふやな記憶の中、ふと気がつけば窓から差し込む日の光は紅色を帯び始めており、蓮弥の体は元の男性のものへと戻《もど》っていたのだった。

自分の体をあらためてみると、シャツは脱がされているし、ズボンはぎりぎり脱がされていなかったものの、ベルトは外されていたのでかなりぎりぎりの所であったらしい。

ベッドの上には人を二人ばかり包んで結び上げればこれくらいの大きさになるのではないかと思われる大きさの毛布でできた茶巾包みがあり、中に何が入っているのかは蓮弥には皆目見当も付かなかったが、もぞもぞと居《い》心地《ごこち》悪そうにそれは動いている。

「いいか……今日一日は何もなかった」

身支度《みじたく》を整え、一旦大きく息を吸い込み、肺が空になるまで深々と息を吐き出してから蓮弥がそう言うと、包みの動きがぴたりと止まった。

「今日一日は何もなかった。俺は何もしていないし、何も見ていないし、何も聞いていない」

誰かに言い含めるかのようにゆっくりと、蓮弥は独り言を漏《も》らすと疲れ切った足取りで部屋の出口へと向かう。

「仮に何かあったような気がしても、それは悪い夢だ。俺は夢のことを現実に持ち出す気はない。持ち出したいと誰かがいうのであれば、話は別だがな」

言外に持ち出してくるなよという意味合いでそう蓮弥が言えば、茶巾包みの上の方が頷くように揺れた。

「頭が痛い。水をもらってくる。その間に……なんとかしとけよ」

そう言い残して蓮弥が部屋を出れば、部屋の中からどたばたと何かが転げまわるような音が聞こえてきた。

何だろうと思いはしたが、悪い夢なのだからと頭を振って思いかけた考えを振り払い、蓮弥は一杯《いっぱい》の水をもらいに行くべく、食堂を目指して歩き出した。

怒っているつもりは、蓮弥にはない。

若い娘達《むすめたち》の悪ふざけにつきあわされたのだと思えば、腹を立てるのも馬鹿馬鹿《ばかばか》しい。

「それにしても……疲れた……」

早いところ今日のことは忘れよう。

仮に夢だったのだとしても、一秒でも早く忘れるべきことだろう。

心の底からそう思いつつ、蓮弥は疲れた体で足を引きずるようにしながら、食堂へと向かうのであった。


某日某所にて。


「主様《ぬしさま》。あの薬ですけれど蓮弥さんが飲むように仕向けてきましたが、何か意味があったんですか?」

「うん、私、蓮弥さんに界渡りさせる前に剣と魔法の世界がーとか言ってたじゃない? でも良く考えるとあそこって実は魔術はあっても魔法はほとんどない所なんだよね」

「はぁ、それで?」

「神様ですって名乗っておいて、嘘《うそ》をつくわけにはいかないでしょ? だからきちんと魔法はあるんだよという証明をしておかなきゃなって」
「そんなことであの騒ぎですか？　バレたらどうするおつもりなんです？　斬《き》られます
よ？」
「あの刀で斬られるのは嫌だけど、ほら、なんか夢でしたってことで落ち着いたみたいだ
し大丈夫じゃないかな？」
そんな会話が、どこでもないどこかで交《か》わされていたかどうかは定かではない。
それこそ全ては神のみぞ知る、である。

あとがき

初めましての方は初めまして。

私、まいんと申しましてＷｅｂ上の「小説家になろう」にて本作品を連載しております、物書きの領域の端っこにぎりぎり指の先か爪の先を引っ掛けている程度の者でございますが、貴方様が手に取られているこの本は二作目に当たる代物ですので、是非一作目共々手にとって頂き、レジに持ち込んで頂ければ幸いでございます。

初めましてではない方はお久しぶりでございます。

色々な幸運に恵まれて今回「二度目の人生を異世界で」第二巻刊行の運びとなりました。

まずは第一巻を読んで頂き、支持応援してくださいました読者の皆様に贈れる限りの感謝を贈らせて頂きたいと思います。

そして、無事第二巻を世間に送ることが出来た私を、誰か褒めてください。

あ、嘘です、叱責や投石、不幸や呪いの手紙の類は作者に送られても困ります。

今回短めにということですので。

ホビージャパンの編集部の皆様、そして校閲の方や営業の方やデザイナーさん。

前作に続き、素晴らしいイラストを描いて頂きましたかぼちゃさんに、電話口にて愚痴のようなものにお付き合い頂きました担当Kさん。

本当にありがとうございました。


また、「小説家になろう」にて本作品を読んでくださった方々、並びにいつも感想を書いてくださる方々や誤字脱字の指摘をしてくださる方々。

校正作業中や執筆中に妙なテンションで毎度おしかけてしまっている某生放送の放送主さまとそのリスナーの皆様方。

そして本作品を手にとって読んでくださった読者の皆様全てに、心よりの感謝を申し上げて結びとしたいと思います。

まいん

ファンレターのあて先 ご意見、ご感想をお寄せください

〒151-0053 東京都渋谷区代々木2-15-8
㈱ホビージャパン　HJ NOVELS
まいん 先生 ／ かぼちゃ 先生

HJ NOVELS
HJN01-02

二度目の人生を異世界で 2

2015年1月22日　初版発行
2015年6月22日　２刷発行

著者――まいん

発行者―松下大介
発行所―株式会社ホビージャパン
〒151-0053
東京都渋谷区代々木2-15-8
電話　03(5304)7604（編集）
03(5304)9112（営業）

印刷所――大日本印刷株式会社

装丁――木村デザイン・ラボ／株式会社エストール

ISBN978-4-7986-0948-5　C0076

パーティのための拠点として
家を買うことになった蓮弥たちだが
所持金をほぼすべて家に使い切ってしまう。
そんな中、教師となったアズに
持ちかけられたと依頼とは
貴族の生徒の鼻っ柱を折ることで――!?
二度目の人生を異世界で 3
著／まいん
イラスト／かぼちゃ
好評発売中！